U0926296

青春的梦，在青春做完

The Dream of Youth

苑子文
苑子豪 著

江苏凤凰文艺出版社
JIANGSU PHOENIX LITERATURE AND ART PUBLISHING, LTD

神保町
魚百
皮ハギ
サーモン
マアジ
生ガキ
真鯵
ハマチ
ぶり
は左端
出入口

/ 青春的梦，在青春做完

カンパチ
皮ハギ
サーモン
マアジ
真鯛
極上 真鯵
ハマチ
ぶり
は 左端

╱ 青春的梦，在青春做完

／ 青春的梦，在青春做完

うめ野 272-2201
883-8686

目 录

Part 3

Part 4

FOOD
SAFETY

序

陪他们一直走下去

一直想要写点东西，把子文、子豪成长的过程记录下来，可是这个想法从他们考上大学至今，始终没有实现。今年他俩研究生也毕业了，我和他爸爸一同去参加了他们的毕业活动，看到了他们在老师的组织下照集体毕业照；看到他们在礼堂里参加毕业庆典；看到他们与老师亲切攀谈、合影留念；看到他们同学之间相互留影、执手话别。那种激动人心的场面，让我心头有种情感在涌动，是感动？是留恋？是不舍？一种说不出的情愫萦绕在心头让我久久不能平静，突然感觉是种失落，一种他们毕业了、离开北大了、要真真正正进入社会了的失落，他们不再需要我的保护，我也不再需要为他们多操心什么了。

时间可真是个奇妙的东西，怎么这么快就过去了六年，我是真该写点什么了，再不写就太晚了，晚到一些记忆都要模糊了。

前天，子文问我，要不要给他的新书写个序，我连连允诺，要写要写，可是只写了一个“序”字，时间就溜走了半天，那些关于他俩的事情就像走马灯似的在脑海中闪现游走，以至于太多的思绪让我不知从哪里写起。

重新又翻看了一遍《愿你的世界总有我二分之一》，虽然觉得那时的文笔有些稚嫩，但是，字里行间种种真实的过往，犹如发生在眼前，那两个肉嘟嘟的小身体，聪慧的大脑袋，从牙牙学语，到蹒跚学步，那一颦一笑、一吵一闹，都唤醒了我对他们儿时的记忆。坐在床上，看我跟他们藏猫猫，逗得他俩咯咯直笑；坐在澡盆里，因拆不开玩具而急得哇哇直哭，拍得水花飞溅；两个人躺在我的身边，听我给他们讲“胡编乱造”的故事，然后提醒我，妈妈昨天不是这样讲的。那些当时认为很烦很累的日子，怎么一下子变得那么温柔那么美好了呢？

那就从哥哥子文说起吧。我记忆里最深刻的是子文，那个刚毅的、头也不回的弱小背影。那时候，子文也就是刚刚6岁，因为他身体的原因，需要做一个小手术，我和他爸爸办好了一切手续，带他来到手术室门口，里面的大夫“全副武装”，虽然戴着大口罩，仍让人感觉到一脸的肃穆。他们递过来一双拖鞋，很冷漠地说：“换上。”我弯下腰将拖鞋放到子文的脚边，看他把小脚丫放进那宽大的拖鞋里，当我蹲下身，刚要叮咛鼓励他几句的时候，他已然转过身，头也不回地说了句“妈妈放心”，就跟在医生的身后义无反顾地走进了手术室——就是这个画面，永远地定格在了我的脑海中，一直到现在仍历历在目。当时我的眼泪唰的一下就落了下来，他只是个6岁的孩子啊。现在想来，子文坚强执拗的个性应该是与生俱来的——跟他相比，子豪就要活泼洒脱许多，但从小是个乐天派的他，看到哥哥躺在病床上时，也变得小心翼翼，俯在床边歪着小脑袋关切地问：“哥哥，疼吗？”子文坚强地摇摇头，子豪就轻轻伸出小手拉着哥哥的手，就那么安静地看着这个与他一起来到这个世界的、最亲的人。

我经常跟他们的爸爸说，我们俩是这世上比较幸运的一对父母，从小到大，除了这次手术，很少生病，这让我们省了很多心。他们俩虽然是男孩子，有着天生的“翻江倒海”的本领，曾在屋里上蹿下跳，也曾在院子里和小朋友摸爬滚打，甚至也曾去邻居家敲门捣蛋，但那都是孩子的天性。总结一下，就是他们每天都要闹腾天翻地覆半小时，其他时间就会安静下来，写作业、做手工、画画。

让我们比较费心的是在他们升入初中以后，人们不是常说青春期的孩子不好管吗？记得子文初中是在实验班，班里都是学校的尖子生，好学、踏实，所以我们担心得不多。倒是初中阶段的子豪，被分在普通班，这个班里各种个性的孩子都有，他又是班长，天性善良活跃，和谁都能打成一片，但那时他也只是个少年，世界观还不成熟，会不会受其他孩子的影响，走到岔路上去？我们有些担忧，但是并没因此而限制他和同学们的交往，只是多加关注而已。有一次，大概是初二的期末考试结束后，他们班级的一些同学聚在酒吧庆贺。第二天，班主任给我打电话说子豪去酒吧喝酒了，问我知不知道这件事——其实头一天晚上回来他就告诉我了，同学们在考试结束后都想去酒吧庆祝一下，每个人都倒了一杯啤酒，他不想扫同学们的兴，就也举了杯，但他只是在唇边沾了沾，根本就没有把酒喝下去。我觉得懵懂的孩子做一些成人认为不应该有的举动，没什么可怕的，因为我相信我的孩子是有自控力的。于是我答应班主任，会批评他，但其实半句责备的话都没说，现在想来有些对不住那个负责任的班主任。

类似的事情，子文也有过一次。那次是因为他与任课老师产生了一些误会，班主任老师给我打电话请我去学校。我赶到学校时，看见子文站在教研室的门口。他默默地看着我，那眼神中有执拗、期盼、委屈和惊慌。我跑过去把他搂进怀里，拍拍他的肩膀说："没关系，妈妈相信你。"孩子眼里满满的都是感激的泪光，他坚定地对我点点头说："妈妈，我没错。"

这就是青春期的子文和子豪，那时的他们真的是既青春又彷徨，既单纯天真又自信成熟。那个时期，他们以为自己是被散养，其实我们是在宽松的教育下，密切地关注着他们的成长。有时是推心置腹的交流，有时是漫不经心的打趣，有时是旁敲侧击的试探，也有时是直白的警示，以他们能接受的方式，了解他们思想的动向、行动的主流，对跑偏的行为及时纠正，在不知不觉中引导他们回来，确保他们能够树立正确的人生观、价值观和世界观。

在这里爆料一个小秘密，大家都不知道，《愿你的世界总有我二分之一》中未曾提及的秘密，曾经子文一度怨过我，嗯，就是怨过我这个当妈妈的。那是一个傍晚，我们四个人走在回家的路上，子文落在了最后，我像往常一样喊他："小文快点走啊。"他当时低着头嘟囔了一句，他爸爸就放慢脚步问他怎么了，而此时子豪正拉着我的手，蹦蹦跶跶地和我走在前面，子文突然大声地嚷道："妈妈根本就不喜欢我！"这句话让我们全都愣住了，我和子豪都停下了脚步，子豪木然地看看哥哥和爸爸，然后又转头看着我。而子文又嚷道："妈妈从小到大都不爱我，妈妈偏心！"那是我第一次发现孩子的内心世界是那么丰富，一直以来，我以为我倾注在他们身上的心血是一样的，他们也如春笋般无忧无虑地成长，没什么区别，都在享受父母给予的爱，可是怎么子文就说我偏心了呢？他又是在忍受了多久之后才突然爆发出来的呢？

孩子爸爸冲着一脸茫然的我摆了摆手，示意我先走，他揽着子文的肩膀和他交流起来。说实话，我当时也非常委屈，两个都是我的孩子，我怎么会厚此薄彼呢？每天为了保证他爸爸有充足的精力去做生意，我包揽了所有家庭生活的琐事，不仅要接送他们俩、买菜做饭、洗洗涮涮，还要兼顾自己单位的工作。那时候我每天最幸福的时刻，就是在他俩安静地熟睡后，把屋子的里里外外收拾干净，累得栽倒在沙发上等他爸爸回来。可是子文竟然会这样埋怨我，我冤啊。

回到家，孩子爸爸很郑重地和我说，我们只顾工作和生活琐事，忽略了孩子的内心成长。子文从小就在弟弟的影子下生活，他是有压力的：弟弟是第一批加入少先队的，他是第二批；弟弟考进前十名，他考第十一名；弟弟是两道杠（中队长），他是一道杠（小组长）……那时候经常有人问他们，谁是哥哥谁是弟弟，然后会加上一句“哥哥不如弟弟”啊，这种在我们看来是开玩笑的话，竟然伤了子文的自尊，使他有了自己不如弟弟的念头。再加上他和子豪在家打打闹闹时，乖巧机灵的弟弟子豪总是识时务地躲闪，而他总是那个“扛雷”的哥哥，妈妈的责备自然就会更多地落在他身上。但他毕竟是个孩子，他自此就感觉自己不如弟弟，妈妈偏心弟弟。从那以后我特别注意对他加以关注，尽量多地让他感受到自己的存在。比如吃饭时，不再是听子豪嚷嚷想吃什么就吃什么，而是问子文“你想吃什么”；买衣服时也是先问子文喜欢哪款，等等。这样过了一段时间之后，在他很放松的时候，我会故意问：“子文，妈妈还偏心吗？”他羞涩地扭过头不说话，我这才轻松了许多。时至今日，我有时仍会打趣地问他：“妈妈是不是不疼你？”他就耍赖地回我：“不疼，妈妈就是不疼我。”

有句话叫“人小鬼大”，说得一点都不错，别小看那小小的脑袋瓜，里面装的东西复杂着呢。你要时时地关注他，就像关注小树的成长一样，只要发现有不合适的枝杈，一定要修剪整齐，这样小树才能长成参天大树。

在孩子成长的过程中，其实爸爸的影响和作用是不可忽视的。起初因为想给孩子们创造好的生活环境，孩子爸爸一直忙于生意，很少带孩子，以至于幼儿园时期的他们俩，让我带得有些过于秀气，他爸爸意识到了这一点，就开始主动找时间陪孩子们，但他陪他们可不像我这般事无巨细，而是让孩子们更有担当。外出游玩，都是让他们自己背着自己的东西；爬山爬累了，他会陪他们一起休息休息再接着爬；上街买菜，他会带头把我手中的重物全部抢过来，分摊到他们三个人手中。他很少说教孩子，更没有打骂过孩子，只是用行动去感染他们，教育他们，告诉他们怎么做才是合格的男子汉。孩子们说过，爸爸总是在很多方面吃亏，但当他们长大以后，最敬佩的人就是爸爸，说爸爸是他们眼里最棒的男人。

高中阶段的他们，基本的价值观已经确定，我们对他们的关注点渐渐地转到了衣、食、住、行上。由于他们进入的是重点高中，面对的都是“高手”，所以他们把更多的精力投入学习中，这其中的艰辛和努力在《愿你的世界总有我二分之一》中表现得淋漓尽致。

他们经常说，妈妈，咱们家和别的同学家不一样，我问哪里不一样，“也说不上来，就是不一样吧，好像是因为咱们家特别和谐、民主，特别有爱吧”。其实不瞒大家说，在我们家，大家很平等，对了，我这个妈妈还有一个别称——“笨妈妈”，那是因为有时说到一些问题，我跟不上他们的思路，他们俩就会一边一个地戳着我的脑袋说：“笨妈妈，你动动脑子。”他爷爷看不过去，笑着撺掇我说：“你打他们俩呀。”他们俩就赶紧把我搂在怀里，撒娇地说：“我的笨妈妈才舍不得打我们呢。”这就是我们的家庭，我不认为孩子必须恭恭敬敬地对家长，我也不认为家长必须摆出高高在上的姿态。我更愿意和孩子做朋友，能够无事不说，无话不谈，就当我是他们身边的小伙伴一般。

当然，每个家庭都有柴米油盐的琐碎生活，矛盾冲突也时有发生，每当他们俩意见不统一时，我不参与还好，一旦我参与其中，惹了其中任何一方，他们俩就好像瞬间结成了一个联盟，集中火力“对付”我。去年我们一家四口去欧洲旅行，子豪的眼睛突然长了一个大针眼，一夜之间针眼就像黄豆那么大，鼓鼓囊囊的好像一碰就要破似的。子豪怕留下疤痕，不肯去医院，哥哥很不满他的娇气，于是批评了他几句，惹得子豪噘着嘴、满脸不开心，我就批评了哥哥两句又批评了弟弟两句——没等我说完，他们俩的炮火就一致对向了我，孩子爸爸只好赶紧把我从他们的房间“救”了出来。不一会儿，哥儿俩又说又笑，和好了！

和谐、信任和爱，就是我们家的主旋律，一直在我们这个小家庭唱响着。直到他们俩进入大学，这个旋律由他们俩传播到更广阔的天地，带给他们身边所有的人。

说到大学，我又要提及得知高考分数时的那一幕。因为那一幕给我的印象太深刻了，那种期待，那种忐忑，那种担忧，所有经历过高考的家庭都应该能体会。以至于这么多年过去了，一旦想起，仍是那样历久弥新。当时，孩子爸爸没在家，我们母子三人守在电话机旁等消息，电话铃一响，我嗖地就把听筒拿了起来，三个脑袋扎在一起，屏住呼吸，当听到“苑子文674分，苑子豪683分”的时候，“啊……”的一声，子豪一下子从沙发跳到地板上，叫喊着在屋子里激动地跑了一圈。随后我们仨拥抱在一起，激动地蹦跳着、呼喊着，流下了幸福的泪水。“快告诉爸爸，快告诉爷爷奶奶，快告诉姥姥姥爷！”我们都知道，兄弟俩基本上会被北大录取了，那三年的梦想，那1095天的期盼，那考完试等待结果的煎熬，统统化作了幸福的泪水。“让过程更加完美，让结局不留遗憾，动力北大，不停歇！”这是当时他们贴在墙上的誓词，今天梦想终于实现了，恍惚间，世界好像都变了样子。

等到2012年9月，新生入学时，各大媒体又纷纷报道“文豪双双上北大”“北大史上最帅双胞胎”等，他们的人生翻开了新的一页。虽然我并不喜欢这个“媒体朋友们给的称谓”，因为这个称谓让他们俩背负了很多不该背负的压力，甚至是偏激的骂名，但是我尊重媒体朋友的所想所为，也感谢他们对子文、子豪的关注和支持。

我特别要感谢饶雪漫老师，是她给了子文、子豪出版图书的机会。记得当子文第一次跟我提出写书的想法时，我其实泼了冷水，当时我的第一反应就是这小子太异想天开了，写书是谁都能写的吗？你一个毛头小子，刚刚迈进大学的门槛，就想出书？但是这个执拗的小孩，竟然打动了编辑若琳和饶雪漫老师，我第一次悄悄地在心里给他们竖起了大拇指。接下来，他们又做了一件让我折服的事，就是接了第一次的广告代言。当时我仍然不肯相信，你们一对名不见经传的小屁孩，谁肯出一万元请你们做广告啊？于是谨慎地帮他们检查了合同条款，送他们到拍摄目的地，还忍不住想象了可能出现的危险，警告他们不许喝人家给的水，让他们把手机调整到通话状态，好让我们能随时监听到他们是否平安……

我没意识到的是，这两件事后来竟然成了他们俩人生的风向标，从此，他们踏上了出版图书、拍摄影视作品的艰辛之路，在这条路上，虽然能收获许多光环，但是这条路走起来并不平坦。当他们俩的粉丝量达到10万人左右时，我就在每天必读的留言中看到了一些人对他们俩的误解，说他们俩是为了出名炒作自己，是不好好学习的学生……其实他们这一路走来的艰辛只有我这个当妈妈的最清楚。孩子们并没有什么自我炒作，有节目邀约就去上，有采访邀请就去回答，他们心里哪知道最后会被冠上“史上最帅”的高帽子，进而招来误解和讨伐。在大学里，他们努力做自己喜欢的事，也和我坦白过，也许耽误了一些课业，我叮嘱“课业不要放松”，但从没强制要求他们俩只盯着学习。孩子们的生活要孩子们自己选择，只要他们过得快乐、对他人甚至对社会有益，什么样的决定我都会支持。

每次回家，他们俩都要带回一大袋子小礼物和信笺。一封接一封地看，看到感动的话语，就会眼含泪水地大声读出来，与妈妈和爸爸一起分享。那些信都很真切，有的是华丽的明信片，有的是简单的作业纸，有的被叠成了美丽的仙鹤或满天星，有的什么也没写，只是画了一个大大的心……现在他们俩各自房间的床头柜、书柜里，仍然整齐地收藏着这些宝贵的财富。有几次我整理房间时，想把过去的信件挪到储藏间去，都遭到了他们俩的反对，说如果屋子里已经放满了粉丝的信件和礼物，我们就再买个大房子，反正他们要永远保存这些珍贵的礼物，因为这是他们青春最好的见证。如果有一天，粉丝们长大了，不再爱他们了，这些依然是最美好的回忆。

除了整理信件，他们俩还有一个重要的“日常工作”，就是回复微博。开始我总以为他们俩是在玩手机，后来才发现，每天与粉丝互动占据了他们俩很多的时间，尤其是遇到直播时，为了给他们俩营造一个安静的空间，我们一家人包括爷爷奶奶都要守在一旁，不能出声。有时候看着做好的饭菜一点点变凉，也要忍着饥饿，配合他们俩做好直播工作——虽然他们俩都说让长辈们先吃饭；至于录视频，就更不用说了，有时为了一个细微的动作就要反复录制好多遍，即使我感觉差不多了，他们俩仍然会认真地说：“不行，妈妈再来一遍。”我知道他们俩想把最美好的东西展现给喜爱他们俩的“兔兔”们，不想让“兔兔”们有一点点的失望，一丝丝的遗憾。随着他们出版的图书越来越多，参与的节目越来越多，他们俩回家的时间越来越少，当我想念他们俩时就只能打电话或视频聊天。那次我想要跟子豪视频聊天，但他总是关掉视频，还回电话来问我有事吗，我感觉有些蹊跷，就执意要视频聊天，结果我看到的是孩子很憔悴的脸，没有了往日的朝气和阳光，只有满脸的疲惫，这哪里还是我那青春无敌的儿子们？我忙问他怎么这么狼狈，他眼睛都睁不开地说："妈妈，我困。"哦，由于学业的压力，我猜他又不知熬了几个通宵，身体和气色不知变差了多少。我赶紧放下了电话，但是这心啊……

这几年他们俩兢兢业业地完成学业，抽空还要不停地跑签售会、录制节目、参加公益活动等等，一忙起来就会上火，就会有口腔溃疡。最严重的时候，三块儿溃疡面连成一大片创伤……我虽然恨不得替他们俩生病，但也只能每次都重复着那句说了一万遍的"多喝水"。去年他们俩的姥爷第一次病危时，他们俩从剧组赶了回来，我还奇怪，一向怕热的子文为什么穿着长裤，回家了也不换一条舒适的短裤，而且，总是躲躲闪闪地与我保持距离。趁他不注意，我习惯性地握着他的手，他大叫一声，吓得我赶紧松开，这才发现他的手心有一块3厘米长的血淋淋的伤口，很深很深。难怪他一直躲避我，原来是受伤了怕我发现。在我的追问下，他说有一次，白天拍了一整天电视剧，晚上坐飞机赶去签售会，活动一结束，晚上又赶回剧组，在飞机上还要把论文修改完成……

当晚只睡了不到四小时，就又去拍黎明的戏，结果拍一场跑动的戏时，头一昏就栽倒了！说着，他把裤腿褪下，露出了满是瘀青的腿，我第一次看见这样的腿：像布满了许多红色蚯蚓的青一块紫一块的土地，又像历尽沧桑的小树！我赶紧让他坐下，轻轻地摸着他的腿问："疼吗？"他的眼泪哗的一下就落了下来……孩子，妈妈的心好疼啊，为什么刚刚二十几岁的孩子就要承受这么多的磨难？可我心里明白，为了那些热爱他们俩的粉丝，再苦再累，他们也会坚持下去的。

不知多少次，我问他们，就不能放弃一些东西吗？放弃一些不就不会这么辛苦了吗？他们俩总是摇摇头，坚定地说"不能"。为了热爱他们俩的你们，他们俩必须坚定地走下去。从176斤的小胖子到112斤的青年，这个蜕变的过程需要付出多少常人想象不到的痛苦呢！面对各种质疑和责难，他们俩要背负多大的压力才能走到今天呢！在我眼中，他们俩还是孩子，虽然已经毕业了，已经走入社会了，但他们俩的心里太干净，思想太单纯，只要有人提出要求，他们都会伸出温暖的手。这几年，我看到的是，他们俩在日常学习和工作之外，坚持做公益事业，资助贫困学生，每到教师节都回母校看望恩师，每次出国都要给粉丝带回礼物……只要能想到的，他们都尽力去做。而在我看不到的地方，我相信他们俩做了更多。

一路走来，子文、子豪付出了很多，也收获了很多。他们和大多数的孩子一样，在成长过程中会遇到许多坎坷，有梦想也有彷徨，有挫折也有希望。作为家长，我更知道他们的幼稚和不足在哪里，毕竟我们都是从犯过错的年纪走过来的，毕竟没有谁是完美的，所以我愿意给他们时间改正，也愿意陪他们长大成熟，一点点变得更好。他们也有让我失望的时候，但我不难过，反而愿意给他们更多的宽容和谅解，让他们在爱里前行。

记得有一次，兄弟俩遇到了不顺利的事，两个人喝了点酒，深夜走在北大的校园里，心里仍有解不开的结，就分别给妈妈和爸爸打电话。在电话里，他们俩像小孩子似的哭诉着他们的艰辛和烦恼，我和孩子爸爸静静地听着，充当最好的听众。是的，这就是真实的子文、子豪，跌倒过，迷茫过，但还是在困难面前勇敢地挺起脊梁，不断前进，不断地自我修复和提升，才有了今天你们眼前的子文、子豪。我相信他们俩会一直这么坚强地走下去，成就他们俩美好的人生，你们也一定相信吧？

走笔至此，夜已深了，放下手中的笔，拭去眼角的泪，我走到窗前，听窗外的蝉鸣，感受初秋的寒意，心里有了一丝静谧，耳边响起龙应台写给儿子的信：“孩子，我要求你读书用功，不是因为我要你与别人比成绩，而是因为，我希望你将来会拥有选择的权利。选择有意义、有时间的工作，而不是被迫谋生。当你的工作在你心中有意义，你就有成就感。”我非常认同她的观点，但是仔细分析我的内心，好像我对子文、子豪的希望更简单，曾经在他们俩读小学时，老师问过我对孩子最大的希望是什么，我当时清晰地回答：健康快乐地成长，老师笑着说：

“您这个家长的希望值真低啊。”今天的我，仍然是这样想的，希望我的孩子能够健康快乐地去做他们想做的事，足矣。

距《愿我的世界总有你二分之一》首次出版，已经过去近六个春秋了，子文、子豪也在大家的关心、支持和爱护下渐渐成长，他们选择了他们认为正确的人生道路，不管今后在这条道路上遇到什么，妈妈和爸爸都会永远永远陪你们走下去。

希望，看到这里的你，也可以在他们俩的陪伴下，快乐幸福，一起成长。

子文、子豪的妈妈

2018年秋

Part 1

25岁，我们的人生才刚刚开始

【哥哥篇】

我们都到了这个略显尴尬的年纪

仿佛一转眼我们就已长大，至于未来怎样，要用力地走下去才知道，感谢这善变的世界，难得有你，陪着我长大。

1岁那年，我先学会了叫爸爸妈妈，却没有意识到，身边这个跟我长得一模一样的家伙，才是与我朝夕相处的人。

6岁那年，我跟他在家里打闹着玩，摔破了东西，妈妈问是谁打坏的，弟弟第一反应是指向了我，于是我替他挨了打。自那以后，不管大事小事，我都喜欢替他扛着，因为转过头使个眼色和他说“没事儿”的时候，特别自豪。

10岁那年，我念小学三年级，成绩一直倒数、险些留级的我，发现他突然考到了成绩单的左半边。他在马路上气我说，哥哥如果不如弟弟优秀，很丢脸。当时真的很想打他，现在也真的感谢他，还不懂事的我就在这种“激励”下真的开始变努力了一点。

13岁那年，我幸运地考上了本地的一所中学。和当年选入少先队一样，我比弟弟晚一批成为共青团员，就连参加任何一项兴趣班，我都比他差一大截。他说，你不能总在我后面跟着，于是我又在他的激励下，去竞选了班长。我记得站在讲台上，紧张地说得最多的一句话就是，我弟弟是班长，我不想比他差。

16岁那年，我们到外地读书。第一次要靠自己学习和生活，我们都很不习惯。但那时的我已经慢慢习得进取心，也知道自己想要什么，小小年纪的我好像已经长大了，想保护他、照顾他，想和他一起考最好的大学，想告诉他没什么苦是你和哥吃不了的，如果有，那我多帮你分一口。

那是生命中最宝贵的三年。大雪天我提着两个从家里拿来的大袋子，里面装满了生活用品，弟弟一路小跑到门口，回过头撑着门说“哥哥快进”。他的耳朵冻得通红，我用我的手给他焐热，他胖胖的小脸上突然就露出笑容，说哥我们要快点学习了，别忘了要考北大。

就这样我们俩开始了最辛苦的读书时光。我退步时他批评我，给我出卷子，帮我讲错题；他偷懒时我督促他，给他买饭，叫他4点爬起来背书。夏天的风很吝啬地吹着，天蓝得像被雨水刚刚冲洗过，我看着被烤得发白的校园，却觉得格外安静舒服，我轻轻对他说，真不想高考，如果时间可以一直这样就好了。

19岁那年，我们一起考上了北京大学。他抱着妈妈欣喜若狂，我却冷静得一如往常。那会儿廊坊刚开了一家连锁火锅店，我和他一起吃饭的时候，接到一名记者的电话，两个人都不以为意，轮流吃饭接电话，弟弟假装哥哥、哥哥扮演弟弟，记者果真没有听出来。回家路上随意发过去了两张生活照，然后“最帅双胞胎”的新闻就被传开了。

20岁那年，我们幸运地出版了第一本书，接着有了第二本、第三本……以及你看到的节目、漫画，我们开始一边念书一边工作，带着学生天真的心，去面对偌大的、比想象中复杂的社会。我们总是要一起出差，从哈尔滨到广州，从上海到甘肃，从北京到纽约，但从来都不觉辛苦，因为他总有本事在我耳边说个不停，好像每天比我多过12小时一样，有说不完的好玩的事情。我们开始感受追捧，两个人谁也不敢表现出来开心，而是比着劲儿憋着，然后装作大人一样告诉对方不能骄傲；我们也开始接受批评，面对网上那些不好的声音，互相开导，做出一副无所谓的样子，但回到房间立刻收起嘻嘻哈哈的笑脸，整夜都想不明白是为什么。

21岁那年，我刚刚当选学生会主席，然后去帮他加油。当时给他助威的只有我一个外院系的学生，我悄悄帮他拍了照片，楼下的花草、静谧的夜，以及台上的他。等到他竞选成功，和同学老师们围在一起的时候，我悄悄地走了。我说，哥只是来帮你记录人生每一个成长的时刻，往后不是所有事我们都能帮助彼此，但所有事都可以陪彼此经历。

22岁那年，我们一起被保送了研究生。站在本科毕业的分水岭，我们既兴奋，也迷茫。我们一起去世界各地，一年内飞了57次，讨论着冰川海洋、宇宙流星，我们也一起宅在家，想说话的时候把妈妈吵得头大，专注于自己的世界时也可以一天不说话。

23岁那年，我们读研究生一年级。不再修同一门课，不再一起上下学，也开始有自己新的朋友和爱好，我们渐渐有了不同的工作观念，并学着替自己表达。我们有激烈的矛盾，有想分开的冲动，有各自自由的念头，但你知道，我们一起生活了23年，他一抬头，我就知道他要薯片还是可乐，我吃饭的时候，他也会抢在我前面替我说不要香菜，所以我们只是在找寻一个于我于他都更好的答案。

在美国的那段时间，是我们最剑拔弩张的日子。回国的飞机上，弟弟正巧犯肠胃炎，吐了一路。我一点一点帮他收拾干净，然后坐在他的座椅边，给他揉太阳穴，按摩头部，给他捏胳膊、手和腿，最后按摩脚，然后再从头到脚地按摩一遍。

坐在他座椅的一个角儿上，我只穿了一件背心，卖力地伺候他，累了就干脆跪在过道上，跪久了就又坐一会儿。冲蜂蜜水喂他喝，按朋友告诉我的穴位按摩，拍着他哄他睡觉……就这样照顾了他十几个小时。

中间有一段时间他睡着了，我终于得空能休息一下，就去吧台要了杯红酒。乘务长路过的时候，忍不住对我说，你跟弟弟真好。

“你跟弟弟真好”，这几个字又突然间打了一下我的心。最近一段时间，两人都在叛逆期，好像“真好”这样的状态少之又少，可能只有在这种特殊时刻，我才会格外清晰地意识到，他真的是我心头的一块肉吧，而我也是他最重要的那根稻草。

24岁这一年，他依然是我心上最重要的人，我也依然是他关键时候最重要的那根稻草，只是我们找到了答案，想换种方式相处，决定分开。

元旦时一起去泰国跨年，回来的第一天就开始搬家。一南一北，地图上说，我们住的地方相距8公里。

搬家的那天，因为在飞机上一夜没睡，弟弟说他要躺一小时，让我到时叫醒他，结果一睡就是5小时。我把东西差不多整理好了，才喊他起来开始收拾。我们每个人准备了几个纸箱，真正收拾起东西来很利落，其间不停地往对方箱子里“丢”东西，还说“你自己住需要这个”“这个你拿着吧，我可以再去买”“这个很好用，给你拿着吧”……那天急急忙忙装好车后，弟弟的车要启动了，我想走上去抱抱他，但最后只说了一句：“需要帮忙就打电话给哥。”

车开走的时候，我没能控制住自己，眼泪滚烫地在眼睛里打转，虽然只是分开住，但当这么多年的习惯真被打破的时候，还是会怅然若失。

我住的地方很安静，安静到能听见内心空荡荡的回音。电话那头，弟弟正在收拾新家，还兴奋地跟我分享这个那个。挂掉电话之后，我从纸箱里找到酒和开瓶器，把香薰蜡烛点燃，开始在沙发上整晚地发呆和空想。

搬家的第一天，自然不适应，可能是因为长这么大以来，第一次自己住。我总是能听见外面有各种奇怪的声音，翻来覆去睡不着。

第二天，顶着黑眼圈叫外卖，结果一直等了两小时，送来的时候汤已经凉了。外卖员一直跟我说对不起，说他第一天送外卖，什么都不熟悉，拜托我不要投诉他。我从房间里拿出上次公司做活动时拿回来的糖，给了他两颗，跟他说“刚开始都这样，我也是，吃点甜的，别着急”。

我开始一点点收拾，最先放好我的书、《小王子》、还有笔记本，然后把一件件衣服挂好或者叠整齐。做完家务，胡子都长出来了，和弟弟视频的时候，没想到他更狼狈，只给我看天花板。

照常买了海鲜、水果和厨具，又多备了一些酒，那么一个人的生活就开始了。我订了一年的“每周一花”，希望家里每周都有惊喜，但后来有点后悔，因为不管多么精心照顾我的玫瑰花，它还是会枯萎，就像我知道，很多以前的老粉儿，已经不再关注我，不再看到这里了。我多想你们能陪伴我久一点啊，可能在这个时候，这种感觉就更强烈吧。

网上有很多人说，我照顾弟弟比较多，但有一件事，不得不说是他更棒。他很聪明，也喜欢钻研，虽然我看他都是戴着美颜滤镜，但在美食方面，对他的夸赞是一点都不掺水分的。红烧猪手、白灼大虾、海鲜豆腐煲……只要你能说出来想吃的，弟弟就能有模有样地做出来……

自己住的第十天整，每天会侍弄我的花，放一些很喜欢的音乐，下午阳光刚好照进客厅，泡上柠檬水就能写一下午文章。我也尝试着做饭喂饱自己，如果做得好，我还会奖励自己一个好吃的冰激凌。单身久了，我突然有了一种想法，就是多学一点，这样等未来你来了，我就可以变成和弟弟一样的好男人，白天努力工作，晚上给你最好的照顾。

我知道为了更独立，强大到可以保护更多要爱的人，这些都是应该经历的。我知道我们选择了一种不同以往的生活状态，这个过程可能需要适应，不管你是接受还是抗拒，这都是我们必经的路。

我知道弟弟长大了，从他渐渐宽起来的肩膀和成熟的思想，从他有独立的判断和果敢的选择，我不能再自私地觉得不舍得，毕竟这是一件好事情。我知道你们都喜欢我和弟弟有打有闹地住在一起，说实话，刚分开的时候妈妈一打电话就掉眼泪，越说越哭，但傻瓜，我们只是从互相拉着并排跑，变成站在一条线上冲刺，还是与你在一起，共赴美好而明亮的未来呀。

以前小，不懂事的时候因为争执就能扭打在一起，有时候都没打完，立刻就能和好。后来长大了，再也不会打架，只会慢慢发现，原来每个人都有自己的想法，他也不再是我手心里那个永远听哥哥话的小孩。我开始慢慢接受这个事实，并对自己说，时间一点都不残酷，我们只是换了一种方式和对方相处。即使你觉得他“幼稚”“无理取闹”甚至是“讨厌”，你负气而走把他甩在身后，等到下一个路口，你还是不放心地错过一个又一个绿灯，等他追上你，跟在你身后。

25岁，我们的人生才刚刚开始……

Hansen & Søn
maruni
Artemide
FLOS
BANG & OLUFSEN

『不服输』，但『输得起』

成长的一部分就是你会不断地和熟悉的东西告别，和一些人告别，做一些以前不会做的事，爱一个可能没有结果的人。

每一座城市都有它的味道，而我的城市记忆全部关于你。

从黑龙江到广东，从甘肃到上海，沿着海岸线，穿过铁路，也曾飞越草原，在过去的一两年里，我去到了全国大部分省份，来到你的城市，想和你认真见一面，想分享一点与你有关的故事。

就从山东说起吧。

2013年的时候，我在济南签售图书，特别紧张，因为害怕没人来。到了当地，听说后援会已经提前帮我张贴海报，在商业圈里发宣传纸，拉上自己的朋友闺密一起来支持……

我很感动，但依然挺紧张。前一天晚上我早早就到了当地，路过书店时偷偷幻想着能看见自己的巨幅海报，但发现没有，听说因为装修，所以海报都被隐藏在内部墙上。书店老师带着山东人特有的实在，一边说着今年因为装修宣传少，一边告诉我没关系，肯定会有很多人来。因为这句话，第二天中午书店老师组织大家吃饭的时候，我没怎么吃得下，心里想着少吃几口吧，万一没来几个人，让人家书店少亏一点是一点，哈哈。

签售快开始的时候，我从小门进入休息室，路过一个楼梯，看到上面密密麻麻站满了人，还有往上继续盘绕的态势。我没有一点点防备地往里面走，但发现大家开始尖叫，并有人拿出手机拍照。我快速走过人群，问旁边的老师，难道这些人认出我来啦？老师说，对啊，她们都是来签售的，今天来了好多人，从一楼排到了三楼。

那是我第一次觉得，原来还有这么多人喜欢我，来看我。去山东很多次，但还一次没去过泰山，也没看过趵突泉，所以虽然鲁菜很好吃，但大多数对山东的记忆，就都是“小女孩很多”的印象吧。

其实每次出差，不管是去美丽的西部、广袤的草原，还是文艺的厦门、繁华的上海，都很少真的去当地四处走走，往往是机场—酒店—目的地之间三点一线地来回，然而也有个例。

再说说江南。我喜欢江浙，那是脑海中典型的南方模样，对长期生活在北京的人来说，听到温柔的带着一点雨后潮湿口音的慢条斯理的江南话，觉得无比惊喜和熨帖。

今年有次机会去杭州，虽然行程很赶，但依然挤出了时间，驱车前往灵隐寺。对于这种熙熙攘攘的风景名胜，我一向是排斥的，但灵隐寺深得“隐”字之妙，藏在西湖边的群峰密林之中，给人一种翠微的宁静之感，令人心向往之。在灵隐寺里，内心沉浸在平淡的生活、广义的善念和煦日的温柔之中，过去时日中被无意误解、中伤时所承载的压力，都在这一刻被轻轻放下。

讲到去寺庙，之前在一次分享会上，我说平日喜欢在家中燃一支香，写字或看书。当时台下的很多同学都笑了，大概是在想我有些奇怪或滑稽，但我和弟弟都是深信善缘之人，在阳光给予我们温度、空气给予我们氧气的每一天，我都无比感恩，感恩已经拥有的一切和仍旧可以为之特别努力的未来，所以我喜欢去这些地方。

我是一个好静之人，当然因为工作原因，我需要站到舞台上、需要面对观众，但如果自己有闲暇半晌，我还是希望能踏实下来，做点安静的事情，它能让我变得专注和投入。

还有重庆，来重庆很多次了，每次都要感慨夜景好美，人情味很重。这座城市既有繁华的夜色和堂皇的酒店，也有昏暗的街角和简陋的老楼。晚上走到一条在电影里才看得到的巷子，卖水果的老板在随意地招呼客人，几个阿姨围在一起打牌，小孩子背着书包和爸爸妈妈一起回家。江边日晚，烟波满目。

这座城市将发展的节奏和沉淀的步子拿捏得恰到好处，白昼和黑夜有不同的气味。我去了一家街边小店，老板用一口地道的重庆话，自信地给我看他的菜单，结账时还热情地免了单。多希望再来重庆时，店里已新添几张桌子，味道还是没变。

写过了一些城市，很多小可爱留言说，自己的城市被提及，隔着屏幕都忽然开心了起来；当然也有人说，自己的城市没有被写到，一直在等。所以继续写的时候，我内心很忐忑，总有一种弟弟和女朋友掉水里先救哪一个的感觉，生怕写了家乡河北忘记了宝贝湖南，哈哈。既然不能都写到，那还是那句话，写不到的，就等我过去找你。

比如广东，这是一个我每年去得最多的地方，去到我自己都觉得“会不会大家都烦了啊？”我记得大一那年，我还没有上节目，也没有出过书，只是一个刚刚进入大学、对一切事情感到新鲜的小孩，突然接到一个服装品牌的合作邀约，要去拍一组照片。还没有离开父母、独自和弟弟出过差的我，完全把酬劳抛在脑后，只觉得好酷，带着一身兴奋就坐上了飞往广东的航班。

那会儿坐在飞机上，和弟弟说了很多话也没有觉得累。飞机刚一落地，突然就被惊喜到了，那种能闻到潮湿味道的空气，夏天公路被晒得发亮，路边满是在北方没见过的植被，以及我现在听一句就能分辨出来的广东普通话，一切都让我觉得新鲜和好奇。

后来我去广州录节目、办签售会、参加美博会，一年会去好多次。慢慢地，广东变成了常行目的地，我还把学生证的乘车区间，从北京—河北改成了北京—广东，总觉得，广东是我要常去的，一个家。

广东的小女孩特别多，小男孩也多，他们会成为很好的朋友，一起来看我。他们爱笑，跟很多场活动也不觉得累。他们特别善良，在我下飞机的时候送我矿泉水，签售会前准备切好的水果，还会举着很好看的应援手幅，用我爱听的粤语喊我的名字。我和同事学了好多遍广东话，用各种记忆方式努力记住，但在现场一紧张，我还是说得不标准。

有一次在从广州去深圳的车上，我又学了一整段粤语，在车厢录视频的时候，乘务员都在用一种“这孩子是不是傻”的眼神看我。

我喜欢吃粤菜，准确地说是最喜欢粤菜。在北京吃，在上海吃，甚至到四川还吃粤菜。我创立的品牌源本初见公司里有一位同事是广东人，以前她不忙的时候，还会给我煲玉米龙骨汤。写到这里，我给她发了一条微信，说我这周末回家，想喝汤，但是被她以“周末要为双十二加班，还是订外卖吧”的理由无情地拒绝了……

广东让我暂时没有想到像陕西、山西那样的风土，令人神往的景致也鲜有涉足，所以记得最多的大概就是人情。对我最真心的小天使们，很多人都在广东。

南方的城市说完了，再说一说东北。

东北也是我每次出差时很期待的地方，长春站、吉林站、沈阳站……我记得在冰雪世界里，和弟弟互相扶着对方在冰上滑冰的情景；记得在最寒冷的天气里，一群读者站在车外和我招手的温暖；记得在活动现场，最热烈也最幽默的提问和互动；甚至是哈尔滨中央大街哪里有好吃的，哪里有书店，哪条街一转就有卖很正宗的马迭尔雪糕的地方，我都能记得一清二楚。

在哈尔滨站签售的时候，大家在中央大街排了好久的队，一直排到书店外面。我特意拍了照片，发了朋友圈，就像我在车里隔着窗户和你们招手一样。

“从未跟你饮过冰，零度天气看风景”，今年去了东北几个城市，但没有去很多。我知道很多人在等我，我也知道未来我一定会去。

同样也想对其他地方的男孩女孩们说，今年没能去到的地方，我都记得，原谅我时间有限，不过盛情难却，明年一定如时赴约。

其实我还有好多好多地方没有写，好多话没有说，但时间有限，语言表达不尽的，就靠行动来表达了。

这本书出版的时候，不知道你那里冷不冷，一定要记得加衣服，把自己裹得暖和一些，别为了漂亮穿得少，替我照顾好你自己。走在外面别玩手机，手会冻着，回到宿舍喝杯热水。

知道你学习很辛苦，工作也不容易，觉得一个人难熬的时候，一定记得和自己说，别放弃。

另一个平行空间里，我一切都好，勿念。

【弟弟篇】

巴黎若不动人，人间再无浪漫

假如你有幸年轻时在巴黎生活过，那么此后一生中无论去到哪里它都与你同在，因为巴黎是一席流动的盛宴。

喜欢一个地方，会出于很多种原因——天气、食物、景色，抑或是在那里的人和记忆，让你欢喜难忘。然而我喜欢巴黎，可能只是简简单单因为“巴黎”这两个字吧，没有过多的原因，倒不如归结为冥冥之中的缘分。

这次飞巴黎的机票，是去年冬天一气之下订的，那时候很烦闷，找不到一个解决烦恼的出口，于是看了机票，直接下单订了往返巴黎的行程。坦白讲，这是第一次没有计划、漫无目的的旅行，好像一次任性的放纵和肆意的作。

一切被惶惶不安笼罩着，从等待出发到收拾行李再到准备登机。直到飞行了近11小时后，我到达巴黎，才有片刻的舒缓。

记得落地前半小时，我一直盯着屏幕上的飞行数据，由于当天巴黎多云的天气，离地面只有几百米的时候，还是什么都看不见。直到飞机降落，我才终于看见了蓝、白、红三色相间的法国国旗，心里对自己说，哦，这就是巴黎。

打了出租车，往巴黎市区去，一路上看过往的风景，和大城市没什么两样，只是现在的我，包含着所有紧张、期待、兴奋、恐惧。

出于安全考虑，这次我选择住在了巴黎所谓的富人区——第十五区。这里和巴黎铁塔之间，抬眼就能看见，步行就能到达。于是这几日我经常出去散步，一个人沿着塞纳河畔随意地走，身边有跑步锻炼的人，也有观光拍照的游客。任时间穿梭，空间转换，我在和塞纳河为伴。

我时常和自己对话，聊聊心里所想——

这次来到梦寐以求的巴黎啦，来到世界上另一个大洲啦，来到书本里画着的地方啦。所以，什么感觉呢？

我不知道。

真的是不知道。

来过又如何？到了又怎样？

来过，生活也不会发生什么改变，何况迟早我还要离开这个地方，飞回我生活的地方。唯一与以往不同的，可能是我亲眼见过了埃菲尔铁塔和塞纳河，即使它们和书本里、网络上的照片一模一样。

可是生活不就是这样吗？

一路走，一路停，爱一个，忘一个。

生活本就是一条可以回头看，但没有回头路的单行线，我们走在这条单行线上，路过惊喜，承受失望，一路慌张，一路成长。

喜欢过一个人，可是现在的我们分开了。

执念过一件事，可是现在的我也放下了。

想投奔一座城，可是现在的生活不错了。

坚持过一个梦，可是现在的我已长大了。

生活不会随着一次经历而彻底改变，也不会因为一次际遇而永恒如守，我们需要不断地开拓，不断地奔跑，才能赶得上生命不息的列车。如果摔倒了，无论因为什么，只要你肯站起来，都会重新获得希望。而且更重要的是，即便现在的生活处于不满意的状态，只要守住心底的决心，日子都会慢慢好转起来。

一切都会过去的，一切也都会随着时间到达终点。

如同这段漫长的21天旅程一样，总会到要离开的那一天。但重点是，我来过，我看过，我会始终记得。

愿你的生活也如此，经历一千，忘记一万。到了一处景点，拍拍照，看一看，然后就收拾收拾脚步继续向前吧，前面的风光正好，我和未来，都在等你。

本鮪
揚げ物

遇见总有意义，哪怕只是告别

愿你能够明白，世上所有的相遇都有它的意义。正因为一路上失去太多，才会更加珍惜现在的所得，回忆是一种力量，它能让你更好地走下去。

此刻是2018年2月26日，北京时间20:56。我独自一人在北京的家里，有很大的压力与烦恼，于是写下这封信给你们。

就在刚刚，我拿出了一小袋坚果，开了一瓶红酒，并把红酒倒在了从巴黎买回的星巴克杯子里——并没有用红酒杯盛放红酒，一是因为懒得去洗，二是因为巴黎是让我彻底爱上红酒的城市。

其实我不算一个酒鬼，每次的酒量也不过就是一瓶。不嗜酒，不拼酒，不去外面的酒局，偏偏只喜欢自己一个人在家里喝，因为这样最舒服自在。穿着裤衩背心，坐在书桌旁，倒上红酒一杯两杯，拿出坚果一颗两颗，吃一口再喝一口，幸福不过如此。偶尔我还会关上灯，点上一个橙花味道的香薰蜡烛，找点氛围。

有点故作姿态，可生活有时候偏偏就需要这样的仪式感。

我为数不多的酒后眩晕感分别来自三次不同的场合：第一次是被朋友拉去和一位影视圈的前辈吃饭，在桌上聊电影聊得开心，几个人觥筹交错，你说我笑，几瓶红酒下去了，后来又点了香槟、威士忌，掺起来喝。然后一下子晕了，去洗手间都觉得走路不能走直线了，吓得我随即打车回家。到家洗完澡躺在床上的那一刻，我突然间问自己——这就是喝醉的感觉吗？

第二次是在阿姆斯特丹，那天要搭乘航班飞往巴黎，由于很想体验KLM（荷兰皇家航空公司）在大本营阿姆斯特丹机场的休息室，我特意提前三小时到达机场。办理乘机手续时才发现，护照落在了酒店的保险柜里。我一下子着急了，别说去休息室感受一下了，就连能否赶上飞机都成了问题。我赶忙从到达层跑到出发层，排队打了车回酒店。幸运的是酒店的服务不错，已经帮我把护照准备好，放在前台，尽一切可能为我节省时间。幸运的是路况也很好，我取完护照后顺利返回机场，随后被通知这趟航班延误40分钟！

领了登机牌，进入KLM的休息室，发现里面真不错。我一直是一个航空迷弟，热爱飞行，几乎可以通过飞机外观叫出近百个航空公司的名字。因此体验不同机型、不同机场休息室就成了疲惫的飞行旅途中的一个亮点。荷航休息室的氛围很好，很安静，配置也很好，酒和佐酒小食品类丰富，味道尤其好。出于对新鲜感的热爱，我一口气喝了三杯美味的香槟，又喝了三杯美味的红酒，登机的时候才发现自己晃晃悠悠的，一路飘。

这种感觉很奇妙，说不上醉，但也绝对够兴奋，什么都处在刚刚好的暧昧的点儿上，感觉随便拉着谁，都能对首诗出来。到了飞机上，坐在我后排的一个德国大哥也喝多了，我们互相调侃，开着一点也不好笑的玩笑。下飞机时，他还不停地敲我的小脑袋说很开心认识我，但我心里想，你还能记住我？反正我出了机场，立马就会忘了你叫保罗还是大卫。

而第三次喝醉，是在我从深圳回北京的时候，那次很巧的是也是在机场的休息室里（真的是爱Lounge到一定程度了）。

在深航的深圳大本营，吃过一点简餐，就来到了小酒吧，点了一杯名字很长很长记不住的酒，里面是威士忌加雪碧和樱桃糖浆。我拍了照片，给一个编剧姐姐发了过去，因为上次我俩来这个休息室，吃完一大碗牛肉面后才发现这边有一个小酒吧，悔恨说为什么要喝面汤，不来小酌一杯。无奈赶时间登机，并没有来得及体验。于是我告诉她，这一次我来了，还替她喝了。

本以为自己也就是一杯的酒量，没想到调酒的小姐姐竟然和我说，有一瓶法国的红酒不错，可以尝尝。我一下子来了兴趣，说我也喜欢法国的红酒，家里的所有红酒都是法国的。

倒了一杯，确实不错。

这时候广播通知航班晚点，延误一小时起飞。我的兴致来了，想要第二杯红酒的时候，小姐姐说，可以为我做一杯别的。

看了酒单，我说来杯长岛冰茶吧，别的鸡尾酒我实在不大懂，只是想喝点来感觉的。她随后问我，什么感觉？“醉的感觉，配这延误到晚上10点多的航班。”

她说，我给你调一杯AK-47，5种基酒，保证你醉。

我吓坏了，感觉自己装过头了。

可是不想丢人，于是说没问题，少苏打水，多一点酒精！

喝下后，整个世界都在旋转。

Oh ……

Oh ……

My ……

God ……

太爽了……

趁着这股子兴奋劲，又点了一杯鸡尾酒，忘记了名字，但味道真不错。在这一小时里，我问了她好多关于调酒的知识，我们从美国红酒聊到澳洲红酒，从酒杯壁薄厚聊到醒酒时间，从我的飞行爱好聊到她的育儿经历……

我们是如此不同的人，过着如此不同的生活，居住在如此不同的经纬度上，而此刻，我们因了某种原因，坐在一起，畅聊天地。

广播通知登机了，临走时我对她说，下次在深圳见！

她收拾好酒杯说，下次见！

拿好衣物，准备离座，她突然说："其实我看过你的书，我觉得写得挺好，也关注了微博，很有意思，只是没想到有一天会遇见，并且是以这样的方式。我没想到，你的真人还挺好的，和我想象中不一样。"

我突然间红了眼眶，道别。

是啊，其实我们之前都是一无所知的陌生人，可是不知道从什么时候起，竟然有了联系。我为你的生活加过油，你为我的生活打过气，我们就是为彼此支撑着的小小力量。

现在的我，面临一个巨大的烦心事，也刚刚做了一个很大的决定，和过去的某些挥手告别，只是不知道这样做，前面的路究竟会不会好走一些。

还是说，连要走向哪里，都还无从得知。

明天又要飞深圳了，可是这次的航班是另一家航空公司，我没办法再进入那个Lounge找她喝一杯了，也无法兑现"下次见"的承诺。

可是也正因如此，我才更加相信，经过未知的扑朔迷离之后，答案会赫然出现。

而久别之后，必是重逢。

CALPIS
LED照明
1000円札
おつり・返却
CALPIS
DRINKS

世界太大，听听自己的心

见了太多糟糕的事情，反倒觉得一切都会好的。能接吻就不要说话，能拥抱就不要吵架，能行动就不要发呆，能团聚就不要推辞。

老规矩，报时间。此刻是北京时间下午2:26，天气转暖，似初春。

很坦白地讲，最近我过得并不是很好。

其实我一直希望自己的文字是温暖的，尤其是和你们分享的这些随笔，我都希望它们是你们生活中的小确幸和小力量，让你读过有宽慰感。但是诚实一点，在写这篇文章的我，并没有那么快乐。

最近是由于“水逆”，几乎是事事不顺，关于友情，我的世界观被刷新，曾经认为固若金汤的友谊，在某些时刻被告知，一直以来都是我一厢情愿；关于工作，更是糟糕，我的合作伙伴与我相处并不融洽，我们的“想法”总是碰不到一起，而且所有伙伴间该有的脱口而出的耿直，在这种时候都会变成最直接的伤害；关于梦想，我又一次迷茫了，仔细想想，我对自己的梦想似乎一直处在半是勇敢半是胆怯的状态，本来坚定，但遇到打击就会退缩；关于生活，一点点糟糕好像就会变得无比明显，比如干扰了我20天睡眠的奇怪声音，竟然来自啄木鸟啄卧室的外墙……

我一直在想，这个糟糕透顶的3月，究竟什么时候可以过去。

请原谅我向你们倾诉了近日的不快，好像有些自私，因为或许你们也有不开心的时候，想在我这里得到的是一些正能量或者阳光，然而这次我并没有给予。可是我在想，如果我们真的是朋友，你应该会愿意接纳，哪怕不那么好的我吧？应该也会愿意倾听，我的那些烦恼吧？

就当作你们答应了。

其实我相信，你们之中也一定有最近遇到“水逆”、过得不顺的人，你们也一定觉得最近的生活没什么意思，想快点春暖花开，甚至盼着夏天到来。所以如果我们都暂时处在阴影之下，我想站出来和你说，坚持住。

为什么坚持？

因为烦恼总是间断的，烦恼不可能一直在，天天，年年。

那下次再烦恼了怎么办？

继续坚持。

凭什么坚持？因为不顺的日子就好像在悬崖上命悬一线，如果不坚持下去的话，生活就会对我们放手。你愿意抓住生活的手，它就会把你拽上来。

拽上来还会再掉下去吗？

会，且一定会。

那怎么办？

再努力爬上来。

有意义吗？有意思吗？爬一次，掉一次，再爬一次。

当然有，在爬的过程中，你越来越熟悉如何对抗逆境；在掉的过程中，你越来越明白人生绝无一帆风顺；在再次爬的过程中，你越来越懂得重来一次要珍惜的为何人何物；在再次掉的过程中，你越来越看淡失去的种种。

如此，掉掉爬爬，成为人生。

更幸运的是，在这个过程中，我们还会遇见别人，他们可能成为你的导师、朋友、爱人，也可能成为你的对手、敌人、赶超对象。你与他们爱爱恨恨，甚至是错综复杂的爱爱恨恨，如此，成为有趣的人生。

这样想来，好像这一生，也蛮精彩的。

突然想起，前些日子朋友跟我说，人分大年小年，大年的意思是红红火火，事事顺利；小年的意思是坎坎坷坷，事事平淡无奇。所以目前的我可能处于小年，因此其实很可能并不是自己没有以前那么棒了，而是这本身就和春夏秋冬的自然规律一样，是季节性的周期调整。如果这个规律真的存在，我们的日子就会和天气一样，有阴天、雨天，甚至暴雪天气。

可是，雨后总会迎来晴天的，我们也总会迎来好日子的。

大雪会被阳光融化，春夏会送走冬季，好心情会随之到来。

这样想来，心里就舒服多了。这可能是我最糟糕的3月，但是4月还会如期而至；这可能是我最不开心的一段日子，可以后的人生还是会充满神秘的精彩。且让所有的暴风雪都来得更猛烈一些吧，我还是想去体验生命赐予我每一刻的真实感受，痛也好，喜悦也罢，我要用心体验每一种生活的滋味。

如是想来，如释重负。

如果人生本就是坎坎坷坷，好一程，坏一程，平淡一程，那么我将用最好的心理准备，迎接礼物也迎接泼来的冷水，迎接幸福也迎接遍布的荆棘。

写到这儿，我忽然意识到，帮忙打扫房间的阿姨的劳动时间已经超过了约定的时间，我赶忙去洗手间，和她说其余的工作我自己来就好。

阿姨对我说："没关系，结账还是按照我们约定的时间来，现在我帮你做的，都不会算时间。"

我说：“我不是这个意思，我是怕您辛苦，洗手间的这些瓶瓶罐罐我可以自己来的，您就可以收工了。”

阿姨停了下来，擦了把汗，接着说：“你也是河北人吧？我知道的，我也是，咱们是老乡，你去忙吧，别管了。”

说着，又埋头去打扫了。

忽然之间，心里很温暖，眼睛却湿润了。

嗯，其实生活里，温暖永远存在。

现在是9月3日，北京时间是19:20，我再次看这篇文章。时间过得可真快，写下上面那些文字的时候，还是有点寒冷的初春，还盼望着炎热的盛夏，然而现在，转眼就要跟夏天告别了。

仔细想想，那时候的烦恼现在看来可真渺小，倒不是说那些困扰真的渺小到不值一提，而是说时间会摆平所有的这些那些，所以现在看来，那时候的日子“其实还好”。

现在的我，面对曾经的烦恼，竟也学会了和自己说“没什么大不了，一切都会过去的”。

希望以后再来看这篇文章的时候，我会继续“嘲笑”当时自己的“幼稚”，并且可以骄傲而有骨气地说——“你看吧，我就说了一切都会过去的。”

バイト探しは
バイトルアプリ

焼鳥
炭火焼
おでん

Part 2

还记得那些关于青春的梦吗

【哥哥篇】

有些选择，只能自己做

青春，就是有过去的影子、此刻的样子和未来的憧憬，每个人的青春都有张相似的脸，它写满困惑，却也可爱到极致。

17岁，我来到了天津的一所高中，在去之前，闻其名曰“杨村一中”，那时的我觉得它只不过是一个落后的村镇学校，教育质量肯定比不上大城市的重点高中，但是我信誓旦旦地告诉爸妈：“放心吧，儿子去读三年，一定能考上清华北大。”

就这样，带着满满的自信和期待，我和弟弟踏上了异乡求学的路。

可事实上，开学后不久，我就发现自己根本跟不上班里同学的学习节奏，课堂上老师讲授的知识也比我想象中难很多。那时候的我非常痛苦，由于反应比较慢，问老师问题都会把老师气到发火，有时候一道题不会算，要在讲台旁罚站一整节晚自习。

我想，那大概是我最压抑的一段岁月了吧。

每天放学铃声一响，大家都开始收拾书包准备回家，而我强忍住饥饿和想放松的念头，低头继续演算数学题；等大家走得差不多了，楼道不再拥挤，我再跑到食堂迅速吃饭然后回到教室继续自习；周末时同学们偶尔的“出逃狂欢”我也从来没有参与过。

现在想来，我甚至都没有去过当地的商业区吃过一顿晚餐，看过一场电影，逛过一次商场。那时候的我试图把自己关在教室和房间里，不遗余力地对抗那些并不可爱的定义和公式。

我不知道这种生活的尽头在哪里，也曾在极度颓靡的时候绝望地认为它可能永远没有尽头，但我近乎自虐地坚持着。那时候的我每天都生活在诚惶诚恐之中，巨大的学习压力和被消磨殆尽的自信心让我迅速开始萎靡和消瘦。就在这种低迷的状态之下我完成了第一次月考。

我记得发成绩单的时候，我简直不敢相信自己的名次——年级第64名！

虽然这对于一直成绩优异的我来说并不算是太好的名次，但对于这一个月来饱受折磨，以为自己从此就只能在班级和年级里垫底的我来说，已经是最意外的惊喜了。

我高兴得难以自拔，蹲在桌子下面给我爸打电话，电话那头的他也难以置信，我俩拿着电话傻笑，那时的我们怎么也想不到，两年后，我竟能考上北大。

我曾问过自己很多遍，为什么要立志考北大，为什么要那么笃定，甚至是倔强、孤注一掷般努力考北大。

是为了让爸妈脸上有光，让自己这么些年的辛苦付出得到回报？还是和那些不看好我的人暗中较劲，证明给他们看？又或者是被北大浓厚的学术氛围和最高的教育声誉所吸引？

我想，答案是，也不是。

高一时我的成绩并不算有多优秀，离考上北大还有相当一段距离。但没有什么能阻挡一颗会做梦的心。不知道从何时起，北大变成一颗在我心里生根发芽的种子。因为梦想会发光，所以，无论身处多么漆黑的角落，也总有一束亮光，引领我们前往，风雨兼程，跋涉探险，在所不辞。

随着四次月考的结束，高一上学期也即将过去，这时候就迎来了文理分科。

那个时候我的成绩相当尴尬，我对理科不是很擅长，学习起来比较吃力，但是由于态度认真，以及学习重心倾向弱项科目，我的理科成绩反而比文科成绩优异。尤其是当时我的语文和英语比较好，班主任说如果选择理科，会有很明显的优势。

我想这应当是每个人都很难抉择的时刻，因为这个选择可能影响未来一生的轨迹。我有可能由工程师变成编辑，由记者变成医生，由艺术家变成科学家……正当我纠结的时候，"选理走天下"的说法也跟着就来了——

"选理科，选文科以后你能干吗？没前途。"

"选理科，文科都是那些学不好理科的人才选的。"

"选理科，男孩子一般都学理，学文竞争不过女生。"

"选理科，以后好就业，就业面那么广，想做什么做什么。"

"选理科，还是选文科，你们想清楚了，就自己决定吧，爸妈尊重你们。"

我记得那时候，爸妈都倾向于我们兄弟一文一理。爸妈说弟弟性格开朗，适合学习文科，以后毕业工作时，他也能更好地处理人际关系。而我更适合学理科，他们说我身上有一股狠劲儿，特别适合钻研学术搞研究。而且兄弟俩一文一理，以后在工作领域或许可以取长补短、互相填补资源上的空缺。

我也记不得当时在文理科的选择之间犹豫和更改了多少次，最终我和弟弟都选择了文科。

现在看来，我觉得这是我在高中时代做的最正确的一个决定，没有之一。

身边有你，但我曾独行

每一个无比努力的日子都值得被记住，要用最大的勇气过想要的一生。

选择了文科之后的前半个学期十分顺利，我的成绩始终保持在年级前四名左右，可好景不长，之后的整个高二，我都处在一种极其低迷的状态。

也说不清具体是什么原因，也许是不得当的学习方法最终显出弊端，也许是连轴转的学习让我没时间好好沉淀反思，我的成绩一直徘徊在年级十五名左右，这种被动的状态几乎持续了整整一个学期。

我深知，以当时的成绩是肯定考不进北大的。而那个时候我又总是很在意他人的眼光，连续几次考试都徘徊在年级前十名之外让我开始胡思乱想，有时候觉得老师的关注重点都好像从我身上转移走了，有时候又觉得大家一定暗暗认定我从此就只能如此了，更有时候连自己都想自暴自弃。

更让我郁闷的是，弟弟的势头一直很好，八次考试总排名第一，在高三开始之前就获得了去北大夏令营的唯一名额。去夏令营之前，他还贱兮兮地留给我一封信，名字叫《想想为什么去的不是你》。

我看完信被气得要死，恨不得把这小子从北大拉回来暴打一顿“报答”他。直到现在，我们俩仍然乐此不疲地以此互相调侃，比如每次有女生送礼物给我，我都会故意打趣子豪：“想想为什么送的不是你？”或者我的微博粉丝增加得很快，我就对他说：“想想为什么涨的不是你？”

那时候我们寄宿在一对老人家里。每天晚上回家，都想着争分夺秒地看书写作业，一分一秒都不想放过。可话痨子豪一摊开书就没完没了地跟我聊天，每次都逼得我指着他说：“闭嘴。”静不下来还爱赖皮的他总是可怜兮兮地说：“行行行，哥，你听我把这句话说完，我就安静学习不打扰你了。”

但是可能吗？这个多动症患者每次安静不过一分钟，就又开始找话题聊开了，而且每次他自己都乐得人仰马翻。看着他那副傻样，叫人不笑都不行。

他学习好，晚上聊一会儿天写几道题就睡觉了。而我为了每天完成自己安排的学习计划，只能推后睡觉的时间，在他睡了之后，一个人做题背书到凌晨一两点。

深夜的屋子里安静得可以听见秒针转动的声音，隔壁简陋的厕所里水龙头滴水的声音，以及我心底的那份煎熬和挣扎。睡不着的时候，我总会望着黑暗中的天花板发呆。我曾经也是年级排名前几名的佼佼者，我曾经也备受众人瞩目，我曾经也总给同学们讲学习方法，我曾经也拿着一等奖学金，我曾经……

可是这一切再也不属于我，我的心里有苦难言，这样的烦恼和焦灼我甚至不知道要对谁说。除了弟弟，这些事我还可以说给谁听呢？

可同时我又觉得难以启齿。每次走到他跟前，我都犹豫再三，转几个圈也说不到点上。即使说了，也觉得毫无意义。因为虽然他每次都很认真地听，说他感同身受，但我依然觉得他是佼佼者，不能体会到我的心境。这些心事，只有我一个人懂。

那阵子每天在学校的食堂吃完饭，一回到家我就马不停蹄地看书。有时候寄宿的人家开着电视或者来了客人比较吵，我就站在楼下背书。天津是一个靠海的城市，未至盛夏的时候，湿润的海风吹来，天气还算舒服。

我清楚地记得，那时候天很蓝，瓦砾墙被阳光晒得明亮温暖，风把手中的课本吹起几页，又被我静静地按下，头顶上的电线错乱有致，几只小鸟站在上面，看着我一页一页地背书。在那个狭小的胡同，我常常一站就是两个多钟头。

那段日子里我心中真的有一种说不出的落寞和孤独，有时候觉得根本没有人懂我的挫败感，仿佛只有我一个人在痛苦中跋涉。我极其渴望自己能够重新站起来，但无论怎么努力，都无济于事。

一个人感受着凌晨3点空气的肃静，一个人体味傍晚6点操场上的汗渍味，一个人行走在风景十年如一日的上学路上，一个人偷偷拉扯着那份黏稠而灰暗的心情。

是我还不够努力吗？每天早上5点准时到学校上自习，课间很少离开座位，中午也很少午休，大课间站在班级门口的窗户旁背书，活动课跑到图书馆做题……我觉得自己真的已经做到了全力以赴，已经比以前成绩好的时候更努力了不知多少倍，但成绩还是毫无起色。每次考试，都是失误，失误。

本学期的期末统考，我决定不给自己留任何退路，再拼一次。

我投入更多精力准备考试，课本被我翻烂了边角，每天吃饭仅用10分钟，放弃了几乎所有课间休息时间，每晚都熬夜学习到很晚。有时候喝咖啡不能解困了，我就开始学网上的做法干吃咖啡粉，困就开始举哑铃；在学校，课间站在空调下面吹冷风背书防困，连做早操的时候都要在心里背诵重点；吃完晚饭要去泡图书馆；课间要以最快的速度跑到办公室问老师问题。

我觉得我已经把能做的都做到了极限，于是在精心地准备了一个月后，这场对我而言意义重大的期末统考来了。

这次期末统考的题目很简单，我很有把握，信心很足。整整一天我都沉浸在喜悦之中，一个月来我第一次放松地和同学说笑。三天之后，成绩出来了，当我看到自己的名字又一次出现在第十五名的位置时，我尴尬地和旁边拥挤上来看成绩的同学笑了笑，低着头从人群中挤出来，默默地走开了。

又是没有任何起色，我想不明白。那天晚上我大哭了一场，是真的大哭。

我一直觉得男孩子不应该哭鼻子，有时压力大的时候我选择跑步或者听音乐来转移坏情绪，但这次考试成绩终于击溃了我最后一道防线。我觉得一切都完了，结束了，再没有可能了。不管我再怎么努力、用心，我都不可能再考好了。我哭得很丢人，也很彻底。

那个晚上哭完了以后，我做了我人生中最丢脸的事情——心悦诚服地去找子豪请教，问他能不能和我讲一下学习方法。

他当时的第一反应是错愕，因为我一直很固执，不喜欢听他的建议。之后很快他就摆出架子，从头到尾把我训得几乎一无是处。虽然事后我很想揍他一顿，但当时我心里没有一丝不服。那是我第一次请教他有关学习的事，我迫切地想改变没成果的学习方法，想改变自己。

或许我是真的怕了——不是怕自己不够争气，而是怕再也改变不了现状。

用行动告诉全世界『我可以』

有些人，永远把话藏在心里，却用行动告诉全世界自己很在意。一个打败了自己的人，又怎能轻易输给别人。

高三前的最后一个暑假正式来了。我提着大包小包坐在回家的车上，爸妈一路上都没有提起考试，我知道他们不想给我施加任何压力。

我告诉自己，这个假期，如果我还是照搬原来的学习方法，那不过是在家里重复上一个月徒劳的努力罢了。那晚被小豪“训”过之后，我明白，如果一味这样循环式地学习下去，那么我永远也走不出这个怪圈，这个假期，我必须好好反思，静下心来沉淀自己。

我先是甩开作业和复习计划，丢下准高三生的压力，好好玩了几天。然后，开始静下心来总结过去的失败经历。

在这个过程中，我慢慢发现，过去的我太在意成绩背后的意义，在意自己曾经的优秀，在意和子豪之间的比较，在意老师和同学的眼光，在意优等生听讲座的名额没有我，等等。

一个人要先放下，才能再拿起。我试图将所有的包袱都放下，我告诉自己，必须认清自己也看轻自己，唯有拨开心中的那团迷雾，才可以看到太阳。

紧接着我开始反思自己的学习方法，一科一科地分析，把试卷上出现的错误问题一一剖析，并且借鉴了小豪跟我分享的他自己的学习方法，想了很久具体可行的解决措施。

那几天应该是看上去最清闲但任务最重的日子，我拼命地想，做什么是有用的，做什么是徒劳的。我不敢说自己的判断一定正确，但我想，如果我想重新回到以前，首先一定要坚信自己可以做到。

整整思考了近20天，我把每一科该怎么学都想得清晰透彻，几天之后，我换了新的本子，买了新的笔，整装待发，奔赴高三。

以全新姿态出发的我，放下了所有的包袱，放下了过去的挫败感，放下了面对考场的胆怯，也放下了那个不肯服输的自己——一个失败过的人，不首先承认自己的失败，何以知道如何成功?

就这样，我在开学的第一次考试中轻松考到了年级第二名。我为自己的“首战告捷”感到开心，却也再一次感受到了压力——怎么办？会不会下次又考不好？

高三一开学班上的氛围明显变得压抑了，放眼望去，大家几乎都在埋头做题，时间好像凝固在这个空间里。

这种压抑，是每个人都紧绷的神经在无形中带给你的，穿一件新衣都不被允许，因为那代表你没把心思放在做题上；看似漫不经心地问身边的同学：“昨天你几点睡啊？”得到的回答是：“我太懒，不到12点就睡了。”而昨晚你分明看到他的台灯一直亮到两点。

在这样争分夺秒学习的氛围里，在大家都恨不得能睁开眼就坐到教室的情况下，只有子豪状态最轻松。出门前他总是一遍又一遍地照镜子，有时候已经穿上一双鞋走到门口了还要回来再换一双。有几次我干脆不等他，走出几十米远了他才乐呵呵地追上来说：“哥，我错了，下次我动作快点。”

直到现在他都没改这个毛病，经常不守时，有时候要等他好久，气得我想打他一顿，但他总是特别理直气壮地说：“怎么也得有个范儿啊。老哥，你没看重量级人物都迟到吗？”

就在这近乎“无声”的实验班里学习了近两个月，在我连续考了三次年级第二名后，年级主任龚老师把我叫到了她的办公室。很多人都觉得学习好的学生不怕老师，可是我是最怕龚老师的。

其实跟大家印象中的学霸形象相距甚远，在学风踏实的实验班里，我是出了名的活跃，经常被龚老师撞见我调皮捣蛋——比如班长王帅学习太努力，经常在背书的时候坐着睡着，我总是喜欢在后面猛地吼她一下，吓得她从凳子上跳起来；再比如死党婉婷是出了名的踩铃王，因为她总能很准时地在打铃前几秒赶进教室，我给她起了个外号叫“阿龟”，有时候阿龟迟到了，我就忽悠她说班主任很生气，让她下课去办公室一趟，她紧张了一节课就想怎么跟老师解释，白跑一趟后又满脸怨气地回到班里找我算账；我还因为调皮撮合了我们班一对情侣，在我的起哄下，两人冒着在实验班谈恋爱一旦被发现就要受重罚的风险，一直好到了现在。

那天我边回想着自己又犯了什么事，边往龚老师办公室走。至今我还记得龚老师温柔的笑容，她说：“子文，下个星期咱们年级要召开一次大会，你的进步有目共睹，你可以给所有同学做一个报告吗？”

我表面上装作很淡定，心里却开心极了，这种机会在过去只有子豪才拥有。就是那次演讲，让我真正开始变得自信起来，重新找回了久违的自信。没有什么可以打败一个目光笃定、内心坚强的人。心态大好的我在这之后的考试里不是第一就是第二，成绩出奇地稳定。

然而在高三，我们都知道，谁过早地自负、骄傲，谁就可能迅速地被赶超。虽然我和弟弟一直雄踞年级前几名，但我和他心里一点儿都不敢松懈。

那时候我们两个人很默契地各自铆着劲学习。当我考了第一，我就会说："你看你这科，是不是有侥幸的成分，我觉得你还可以再提高。"而每次他考了第一，他就要说："咱们先从语文说起……"由此开始逐科批评我，指出我的弱点。

最要命的是他还总要问我："你自己说是不是，你就说你承不承认？"只有等我亲口承认自己暴露的问题和错误后，他才再稍加点评然后继续说另一科的试卷。

不管怎么说，那段日子里，我们两个人默契地用"说教"的方式彼此"打压"。我们努力保持因为考得不错而稍有兴奋的状态——这个兴奋的状态一定要把持好，不骄不馁，小心谨慎。

所有遥远的梦想都从远方启程，翻山越岭、风尘仆仆而来，霸占着我每一寸思想和每一天的生活。即使尚且年轻的我们还未能读懂读透梦想的真正含义，却固执地紧紧抓住这两个字，以此作为我们所有努力的理由。

我不确定是不是不考上名校就没有美好未来，也不确定自己是不是不用如此努力就可以考上北大，但我确定的是，这世上永远没有免费的午餐和天赐的财富，想获得多么珍贵的礼物就要拿多么珍贵的付出来交换。你不努力有人努力，你不付出有人付出。很多时候，我们和别人拼的，不过是谁更破釜沉舟。

冬天的北方小城会有一种细腻到黏人肌肤的寒意。租的房子很冷，还未供暖的那几日，只能靠一台电暖器和一床热被窝取暖。

有时候我会在床上支起小桌子，摆上小台灯，放上几本书，就着屋里的微弱光线和窗外的明亮月光，继续奋笔疾书起来。

有一晚感冒严重，但我依然坚持复习，不知什么时候就仰头睡了过去。半夜翻身的时候，被重重的东西压到疼醒过来，才发现书和台灯都从桌子上翻倒在床上，而桌子正以两角立着，另两角倒在我的小腿上，摇摇欲倾。我正要直起身的瞬间，啪的一声，它终究还是倒在我身上。那一瞬间，我没感到痛，反而被自己逗笑了。

这是怎样窘迫又执着的一段岁月啊。

那段日子妈妈每天都小心翼翼。高三的孩子都敏感易怒，每天看到熬夜的我，她更加心疼。那段日子平常10点准时休息的她总是以追电视剧为由赖在客厅不肯走。

每当我从房间里出来活动时，她总会立刻把视线从电视机前转移到我身上，问我是不是渴了、要不要吃水果等令人温暖的傻问题。有一次深夜，我到客厅休息，电视里的声音还在吵，广告一幕接着一幕，而她，就静静地卧在沙发一角，不知道什么时候睡着了。

我弯腰替她盖被子时才发现，我小时候认为天下最美的这个人竟然也在我不知道的时候长出了很多皱纹，面容憔悴。当下想哭的冲动至今不忘，就算只是为了她的这份心意和期许，我也必定不达梦想誓不罢休。

比高考更重要的是兄弟

高考的意义，不在于斗争，而在于在无数的斗争中找到与你一样努力发光的人。

每天都重复着同样的生活作息和复习内容，我们就这样来到了高三下学期。高三下学期的第一次考试，我拿到一个令自己傻眼的成绩——第十三名。

一开始我并没有很在意，觉得只是一次失误。但是第二次、第三次，直到十几名的情况出现了很多次，我开始着急。高考就是这样残酷，无论你之前成绩多好，最后只是一试定胜负。之前所有的优秀和梦想中的灿烂未来都在这个学期的低迷状态下显得虚无缥缈。

令人头疼的是，这个时候子豪的成绩也开始下滑，整个学期他都没有考好过一次，我们俩跟商量好似的，要强一起强，要降一起降。

作为哥哥，我那仿佛与生俱来的要尽一切努力帮助他的使命感就在这时全面爆发了。

我开始帮他整理复习材料，帮他制订复习计划，帮他做我力所能及的一切——节省他的时间、减轻他的压力、让他心情愉悦。当时的我不知道哪里来的勇气，敢放弃自己的很多时间来帮他。

有很多次父母和我谈话，让我不要影响自己的学习，虽然是亲哥俩，但是如果因为这样最后两个人都没有考好，那是他们最不希望看到的结果。

其实这些道理我都懂，但不这样帮他我做不到。在我的潜意识里，他考上北大比我考上还要重要。平日里，他跟同学发生口角，我就在背后替他道歉，安抚好同学的情绪后还不忘耍一个小心机，让对方跟他主动示好，让他能有台阶下；有时候他累得一头睡倒在书桌上，我会帮他把笔和书都复归原位，让他能在醒来后接上睡前的节奏，继续奋战。在那段草木皆兵的冲刺阶段，我期望能以自己的微薄之力，给兄弟一份不动摇的依靠，一份不退后的守候。

但一直优秀的他太倔强，根本听不进我的建议，就和我高二陷入低谷时一样，只是一个人不听任何劝告地埋头学习，固执地不愿意放松，也不肯扔掉那些心理包袱。

的确，从小他就比我优秀，一直很要强，在他的眼里自己就是标杆，就是权威，而我的很多建议又恰恰与他的学习方法相矛盾，因此他很少接纳。在这个节骨眼上，我们因为他的倔强和固执经常争吵。

糟糕的成绩使子豪信心大减。有时候爸妈抚着他的头安慰他说：“北大考不上咱就念人大，也挺好的。你们能念人大，已经超出爸妈的意料了，不要有太大的压力。”

其实爸妈比谁都希望我们俩能一起考入北大，但同时他们又很理解高考给我们带来的巨大压力，因此他们一再降低要求，希望能减轻我们的负担。

坦白说，子豪是一个不如我能吃苦的人，他是个需要被照顾的小孩。所以当成绩落后时他的意志力就薄弱起来。有时候他会犯懒、犯困，没一会儿就打瞌睡。我记得很有意思的是，有一段时间，每天一到11点，我一定要去他那边把他叫醒。每天如此，他很准时地就在11点的钟声敲响前几分钟犯困，我也很准时地在他小睡一会儿之后就把他叫醒。

这个懒惰的小孩儿慢慢地形成了一种潜意识，那就是他可以偷睡和偷懒一小会儿，他哥总会来把他叫醒，然后提醒他该继续学习了。

临近高考的那个月，是一切最明晰也最灰暗的时候。连续几次都没有考好的子豪决定背水一战。每晚都要坚持晚睡半小时，11点时也不用我再叫他，困的时候就站起来靠着墙背书，一遍一遍地去厕所洗脸。

因为父母总是换着样式给我们做好吃又有营养的饭菜，再加上我们总是吃过饭就坐下来学习，没多久我们都长胖了不少。

我印象最深的一次是我侧过脸看子豪在干什么，但我看到的是那个曾经英气逼人的男孩坐在书桌前，因为太累而打起瞌睡，叠起了双下巴，脸上长了不少痘，惊醒后，他抬起头与我目光对视时那负疚、恐惧和逃避的眼神，都让我瞬间心疼不已。

有时候他站着学习，困得实在不行了，书掉到了地上，一瞬间清醒过来的他像是做错了事一样，总要先看一下是不是被我发现。他害怕我数落他不争气，害怕我因为他不努力而跟他发脾气。

但其实我只是心疼他。心疼他为了这没有起色的成绩，那么严苛地对待自己。有时候看他努力强撑着不睡觉的样子，我心里总莫名生出一份自责，责怪自己为什么不能帮他提高分数，责怪自己为什么不能为他再多做些什么。

高考前一天，学校提前结束了晚自习，我们拿着书和同学一起走在回家的路上。这条熟悉的路，我们和身边熟悉的人来来回回走了三年，而今马上就要说再见。路上大家都有些沉默，似乎面对高考，谁都抱着一种敬畏的心理，不敢再开多余的玩笑。我们走在夏夜略显潮湿的风中，月光把我们带着梦想的笑容照得温柔，大家反复提醒彼此一些重要事项，提醒第二天考试需要带的东西，最后在分手的岔路口，挥手再见，然后安静地离开。

时至今日，高考当天的场景仍历历在目。那天我坐在窗边第二排，教室阴凉又安静，窗外有一棵并不高也不茂盛的树，阳光打在很绿的叶子上反射出黄色的光——这是我记忆中，高考当天唯一的风景。当然，除了风景，还有意料之外的状况——

高考第一天，我的作文跑题了。

回到家我抱着子豪大哭。最拿手的语文考砸，能拉开差距的数学变简单，我觉得之前所有的努力和沉潜都在这一刻变得那么无力，我的高考之路才刚刚开始二分之一就已经结束，梦想变得渺茫，未来也黯淡无光，我开始考虑复读。

我对子豪说："我是不是完了？是不是考不上了？"这个时候他好像变成了哥哥，像我以往安慰他那样，告诉我肯定没跑题，肯定没事。

然而快节奏的考试安排容不得我多想，我唯一能做的，就是考好后面几科。有时候回过头来看这段人生，反而觉得很巧合。高考让我在自己最拿手的语文上失利，却让我在最弱的文综上意外获得了很高的分数。也许人往往是置于死地而后生的，也许应了那句话，"山重水复疑无路，柳暗花明又一村"。

说实话，很难用文字描述出高考最后一科结束的铃声响起时我的心情，所有紧绷的神经一刹那稍微松懈了些，却又没能完全放松。我放下笔，冲着窗外的风景发呆，可能我在想那几道让我犹豫不决的题究竟是怎么解答，可能我在想最后改掉的那道题是不是正确的，可能我在想我的高中岁月就这样一去不复返了，又可能我什么都没想，只是静静地发呆——我想这大概是一个人一生中心情最复杂又最空白的时刻了。

考完当天，很多人选择出去唱歌、吃饭，好好玩一晚，而我却选择回到家坐在电脑前发呆，敲了半天字又删了半天，最后什么也没留下。

当然最后我有惊无险地和子豪一起考上了北大。不过我有一些悄悄话，一直不敢和任何人提起。

高考前，每次我看到子豪被成绩打击得备受折磨的时候，我比谁都痛心。我总觉得命运对这样一个勤勤恳恳的人不公平，他努力和优秀了那么久，却在最关键的时候迅速败落。

然后我心里就一直有一个声音，邪恶却又无可奈何，我想那是我所能给予的全部的爱和最自然的关怀——

我想替他去高考。

我们有相同的面孔，相同的血脉，我的生命里有他的二分之一。无论冒什么风险，哪怕是被发现被取消考试资格毁掉一生，我都愿意尝试。在替他着急到不知所措的时候，这个念头一再冒出来，但我从未跟任何人提起过。

嘘！一定不要告诉那个总让我犯傻的熊弟弟，不然他又要为此得意不已了。

【弟弟篇】

其实我们都一样，一样的想和别人不一样

不要浪费今天的时间去担忧明天，明天在哪里完全取决于今天的你在干什么怎么干，干得怎样。

很多事物，都是从第一眼开始你就与之结缘，青睐、向往，甚至深爱上它。

是的，比如北大。

我和哥哥获得自主招生机会的途径不同，他是因为高三综合排名第一而被学校推荐，我是因参加北大的夏令营而被推荐。

记得那是高二下学期，快到夏天了，天气燥热沉闷，像密不透风的大网把人死死罩住。那时候我总喜欢拿两张纸巾，浸透了水，敷在额头

上解暑。实在受不了了就趁课间跑出去买罐冰镇的可乐，咕咚咕咚喝下去，喉咙里凉凉的，舒服多了。

“子豪，老班找你。”

老班就是班主任，还有很多外号，我最喜欢的，还是我自己起的——老大。由于她姓聂，所以我总叫她聂老大。聂老大很年轻，我们是她带的第二届毕业班，此前她只在一中教过两年。我一直很佩服她，这么短的时间里就可以把自己锻炼成一个很强大的班主任，带领着实验班，迈向清华北大。老大待我很好，我是她的课代表，因此我们关系很近。

那天她找我，对我说清华的夏令营名额出来了，班里有一个，问我要不要去。当时还没有北大夏令营的消息，我很犹豫，一方面怕自己心急选了清华而错过北大，一方面也担心如果一心等北大的消息，最后反而一无所得。

“你告诉我，你喜欢清华吗？”她就那样看着我，“还是你喜欢的是北大？”

我记得当时自己说的是都行，反正都是名牌大学，没什么差别。

“那你就再等等吧，相信我，你身上有北大的气质。”

听到这句话我开心极了，忍不住想象自己身上的那种北大气质到底是什么。

于是我就一直笃定地等，我相信北大的春风会吹醒我心里的种子。

终于，北大夏令营的名额来了，老大毫不犹豫地将唯一的机会给了我。当然，那时候我的综合排名是全校第一，完全符合要求。讽刺的是，那一段日子，正是哥哥最颓靡的日子，无论他怎样努力，成绩都不见起色。我记得很多次考后张榜，我都是年级第一，而他总是在我名字的下面、下面和很下面的位置。

甚至有一次他去看成绩，回来时苦笑着对我说："红色的榜围满了人，你的名字在第一个，我站在最外面也看得见，我很清楚地听到前面的几个女生说，哥哥怎么又没考过弟弟。当时我也在想，哥哥怎么又没考过弟弟？"

那次我没回答他，不是不想回答，而是真的，不知该如何回答。

夏令营定在了暑假末尾，高三生早已开学。虽然为了参加夏令营，我不得不缺课四天，但我的学习节奏没有因为夏令营而发生丝毫改变，生活还是老样子。当时我完全没想过，短短几天夏令营，竟改变了我的一生。

去的前一晚我才开始一边收拾行李，一边还听着妈妈的嘱咐——"多喝水，别忘记吃水果。"而哥哥，就在卧室里伏案学习，没有理我。

不知道他是怎样想的，会不会有一点点嫉妒？我很快地否定，不会不会，我哥从小就以我为傲。

那会不会有一点点的失落？我不确定，但我想，可能会吧。

走的那天爸爸送我，妈妈和哥哥跟我说再见，我还记得妈妈给了我个拥抱，告诉我要好好表现，为自己的自主招生赢得更大的机会。我点头说好。

我把车窗打开，看妈妈从阳台的窗户里探出了头，冲我微笑，跟我挥手。车子开了一段距离，我也终于看到，窗户里又冒出来一个人，冲我傻笑，跟我挥手。是的，是我哥，是我最亲爱的哥。

双胞胎就是心有灵犀，那一瞬间，彼此心领神会望一眼对方的面孔，我知道他在用他最坚毅的眼神告诉我，如果喜欢，就一定要执着追逐。

一路上爸爸跟我谈了很多，当然包括哥哥。爸爸说他挺担心的，从小到大，我们就生活在比较之中，哥哥不如弟弟的声音也时有萦绕。爸爸在担心哥哥有心理压力的同时，更担心哥哥的成绩没有起色。

我又何尝不是呢?

想起我在临行前给他写的信，信的名字叫——《想想为什么去的不是你》。

想想为什么去的不是你

——写给同样优秀的你

此刻，我即将载着你我年轻而统一的梦想踏入燕园，走进北大，而你，或许有失落，或许有祝福，或许心情如同这八月聒噪的季节一样难以平复，可这就是现实，就是你要面对的问题——我以八次考试总排名第一的资格，获得唯一的推荐机会，而你，却什么都没有。

我想你一定彷徨过，我更知道其实你也同样优秀，你也曾在我的肩膀前以第一的姿态回首望我。只是如今，我已成为你眼前的风景。你这样说，你越优秀越好，以至于我现在优秀到望不见你的身影，而今天，我也想这样对你说，结果到最后一定是好的，如果现在还不够好，只能说明还没有坚持到最后。

请你相信我，也相信你自己。

我在燕园，你在校园，想想为什么去的不是你？平心静气、自信乐观、不屈不挠，或许是你现在进步的不二法门，找回丢失的你自己吧，小狮子王盼你归来。

——你的小狮子弟弟

我把信藏在了他的书桌里，很快就被他发现了。我记得当时他的回复很简单：一张照片、一句话。照片里是从我们的卧室就可以看到的院子里种着的树，开了紫色的小花，叶子绿油油的，很美。哥哥在相片背后写了一句话——“窗外的树开花了，春天还会远吗？”

我看着那张照片，默默掉了眼泪，因为我知道，现在是夏天，之后，是深秋和隆冬。

哥，春天，还远着呢。

再见了，北大

你会渐渐明白，失败不算什么，因为它好过你曾主动地放弃。

北大的自主招生考试对于我来讲很重要，因为我没有其他的加分项目，如果连自主招生都错过了，那就真的要裸分考北大了。而之前的学姐学长都用事实告诉我，裸分考，真的很难。

那时候班里已经有5位同学拿到20分的加分了，还有一些同学分别有10分和5分的加分。我对这些数字很敏感，总是自己吓自己，暗示自己在还没高考的时候就已经和别人差了很多。

因此，我格外重视高三上学期的自主招生考试，几乎把所有信念都寄托在这一考试上。

但是，我很干脆地输了。在考完的那一刻，就已经输得彻彻底底。

考试当天，虽然语文和数学的试题结构发生了很大的变化，难度确实不小，但我感觉自己的发挥还算正常，没有什么意外。可是下午考的英语、政治和历史，是我这一辈子都忘不掉的回忆。就在那一场考试里，所有可能发生的失误都一个不落地发生了，让我措手不及。

英语考试里单选题变成了完形填空。要知道为了准备英语的单选，我背了近一个月的四级词汇，打出来50页的词汇表，日日背，夜夜背。甚至到了最后的几天，我连课都不听了，就为了多背些单词，多拿些单选题的分。但在看到试卷的那一刻，我傻眼了。

英语的题量特别大，等我把完形填空题做了3遍确定答案后才发现，每空仅半分，而后面的5篇阅读，每篇都有5道题，每道题都是两分。

我自乱阵脚，开始埋怨自己怎么不看轻重，不分主次。仅仅做了两篇阅读，我就放弃了，只把后面的表达题简单做了做。

政治和历史试题更是改头换面，以前的名词解释不见了，换成了难度不小的选择题。考前半个月，我拿着专门为自主招生准备的名词解释小本，背得天昏地暗。而现在，一切努力全都白费。

这些都还不是最惨的，答题节奏和题型的改变，并没有让我彻底绝望。

真正的绝望，在考试的最后一秒出现。

铃声响起，考试结束。这个时候我才意识到，我的手表时间没校准，最重要的是，三科的答题卡，我一点都没涂。要知道英语有45道题需要涂卡，历史政治加起来也有20道题。

当时我的第一反应，也是唯一反应，就是完了。

真的完了。

那么长久以来的认真准备，每天都关注电视和报纸上的时事新闻，从网上千辛万苦淘来历届真题，买来各种辅导书和模拟试卷，废寝忘食地学习，对高考的日夜渴望和恐惧，还有我对北大的热情、自信、期待、向往，连同父母家人和老师同学的祝福，都一并烟消云散了。

最后一刻，我抓起笔，甚至不看卷子上自己写的答案，一笔把5个选择都涂成A或者B。

老师收到我的卷子时，我还有近一半没有涂，我恳求老师说，老师，再让我涂几个吧。

我多想告诉她——

老师，我准备了很久的，我很用心的，我晚上都不睡觉地看书做题，就为了这一次的考试。

老师，我只有这一次加分的机会了，如果再错过，我就真的没希望了啊，老师，再让我多涂几个吧。

老师什么也没说，只是从我手中轻轻抽走了我那答案并不完整的卷子。全场同学不知何时都离场了，只剩我一人，默默地坐在座位上，我想，真的，就这样结束了。

我看着手表的指针慢慢划过实际上早已经过了的下午5点钟位置，痛恨自己怎么在考试前没把时间调准。

我清楚地记得，那天我走出考场的时候，夕阳很漂亮，天边有点红，像火烧云，好像还有很多樱花绽放在天空里，一切都美得像极了童话。

还没走到校门口，就看见教导主任和班主任向我跑来。

夕阳西下，两个并不高挑的身影，出现在我模糊的视线里。

班主任对我说的第一句话就是："卷子交上了吗？"我默默点头说交上了，接着她就给了我一个拥抱，哄孩子似的跟我说没关系。主任在一旁说："快上车吧，辛苦一天了，有什么事回学校再说。"我跟着她们俩，一路上没再说话。

我是最后一个上车的，大巴车上人声鼎沸，大家都在讨论今天的题目，个别的理科生讨论着如何用最简捷的方法解今天最难的压轴题，这在我听来厌烦极了。

师傅发动大巴车，一辆载着我们沉重梦想的车，回程了。

途中很多同学都过来询问我的状况，给我递零食，我实在打不起精神回应他们，只有沉默。

哥哥替我回答："让他一个人静静吧。"

我把头靠在车窗上，看着天色一点点变暗。这是我第一次注意到天津这座城市的夜景——路的两旁有灯火通明的商户，不时撞入视线的还有排列整齐的住宅区，挨家挨户都点亮了一窗温暖昏黄的光，好像试图用柔和的光线安慰我，告诉我没事，路还很长，这世界还很美好。还有那些走在路上的人，装束不同，神色模糊，但都仿佛承载着厚重梦想并努力生活。

看着看着，我就哭了。

我很少掉眼泪。

躁动的梦想、希望、失望、期望和绝望，都一并在这微微凉的夜色里混合着眼泪发酵了。

是的，没人逼我上清华北大。可是我想要。因为我要梦想，要热烈，要活得跌宕起伏、波澜壮阔。因为每一个追梦的少年，都是偏执的梦旅人。

所以，我和所有人一样，愿意独自吞下每一份难言的苦楚，愿意承担即将面对的所有隐忍与疼痛。

大城市的华灯照亮的不只是夜空，也照亮了模糊的未来。

回到学校，班主任给我开了假条，嘱咐我回家好好休息。我背起沉重的背包，迈开沉重的步伐，走回家中。

我一路低着头，仿佛思绪万千，也仿佛万念皆空。那一刻，喧闹的汽笛声，拥挤的人潮，全部退去，这座城市露出了它真实的面孔，像极了一具孤独的没有灵魂的躯壳。

猛地一抬头，就在楼下看到了爸妈。他们站在那儿，冲我微笑着。接过我的书包，像迎接凯旋的将军，妈妈说："今天给你做了你爱吃的咖喱牛肉，都热了好几次了。"

我真的想和他们说说话，说说我心里的所有委屈和痛苦。我知道他们是这世界上最支持我的人，无论我遭遇什么，他们永远最相信我、最爱我、最懂我。

可我真的，一句话都说不出。

憋了好久，妈妈问我考得怎么样，我默不作声，低头吃饭。爸爸说："别问了，儿子考一天了，挺累的。"妈妈附和着说："好好好，我儿子肯定没问题。"

片刻岑寂。

"妈，爸，我完了。"

有那么几秒，他们没有接上话，后来还是妈妈笑着先开口，说不可能，说我儿子那么优秀，那么有实力，不会的。

我低着头，捧着饭碗吃着饭，但每吃一口，都像是在啃噬自己。

千言万语，我只有一句话可以作为回答——

"妈妈，我真的完了。"

后来我把自己锁在屋子里哭了很久，号啕大哭。

在青春做完

NAME 姓名 ……………………………

AGE 年龄 ……………………………

MOTTO 格言 ……………………………

……………………………

……………………………

……………………………

其实我们都一样，
一样的想和别人不一样。

J A N .

一月总结

月总结：

F E B .

二月总结

月总结：

Mar.

三月总结

月总结：

Apr.

四月总结

月总结：

一个打败了自己的人，
又怎能轻易输给别人。

每个人都在用力活着，
用自己的方式。

MAY.

五月总结

月总结：

JUNE.

六月总结

月总结：

JULY.

七月总结

月总结：

AUG.

八月总结

月总结：

记录是一种力量，
它能让你更好地走下去。

能拥抱就不要吵架，
能行动就不要发呆。

SEPT.

九月总结

月总结：

OCT.

十月总结

月总结：

NOV.

十一月总结

月总结：

DEC.

十二月总结

月总结：

要有最大的勇气
过想要的一生。

打卡心得

打卡心得

打卡心得

那些积压在我心里已久的情绪都跟着迸发出来，仿佛那些年的青春和时光都一下子呼啸而过，每一个夜晚的痛苦坚守，每一个白昼的华丽美梦，就这样，以不曾预设过的方式全部终结。所有高中三年来吃过的苦，流过的汗，都在此刻以泪水交换。

我的愚蠢。

我的坚持。

我的不甘和胆怯。

我的那些伪装的坚强。

都淌成不可逆流的河，一点一点，将梦想淹没，让我溺亡。

有人不是这样说的吗？成长的学费是眼泪、长夜、笑和纪念。

BALENCIAGA

BB
BALENCIAGA

你也曾有过这样的日子吗

我们每一点的付出、大多数的尝试和所有的等待都有意义。你可以看到别人的光芒，也要信仰自己的力量。

每个人都有过一段狼狈不堪的高三时光，那时候的我也时常想，这样的日子究竟何时才是尽头，可最后也只能告诉自己，快了，真的快了。我不知道是什么力量支撑着我一路走下去，甚至不确定这些夜以继日和不辞辛劳是否真的值得。但是我一直告诉自己，别无选择的时候，只要走下去，就一定对了。

高一、高二的时候，我的心态相对轻松，上课的时候还总和老师斗嘴，常常跟年轻的生物老师你来我往一句又一句，逗得全班同学哈哈大笑。她在前面讲“爷爷”，我在底下贫嘴答应；我学她说话，她又气又笑；有时候我贫得过分了，她一喊我名字，我便推搡哥哥说：“叫你呢，老师叫你呢。”

跟同学们打打闹闹，开起玩笑也是嘴不把门分寸全无，为此我还获得了一个人见人爱，人爱人怕的绰号——“小讨厌”。

可是一到高三，这些日子就都一去不复返了。

我的高三和大多数人一样，也和大多数人不一样。

吃饭很快，总是狼吞虎咽；每晚睡眠不足，还时不时有噩梦相伴；时刻都觉得疲乏，以致常常打开窗户边吹冷风边看书。看到镜子里狼狈不堪的自己，竟觉得十分陌生。

我也曾一度怀疑，这还是我吗？

在高中千篇一律的日子里，只有烦恼渺小而明亮。

因为它们提醒着我，我是那么真切地存在着，与这世间每一个行走的筑梦人别无二致。

高三这一年，怀揣着非北大不去的梦，我知道我只能更加努力。大家甚至都觉得我变了一个人，再没有心情去调侃老师或同学了；每天都争分夺秒，中午在食堂只吃盛好的炒饭或者炒面，不舍得多花几分钟去排队买可以自己选菜搭配的午饭；吃饭的时候还不忘拿本书，在咀嚼的时候一行又一行地看，等到全部吞咽下去，再把视线从书上移到饭碗上，夹起满满一大口，放入口中，视线便又重新回到了书上。

我也知道，这样的我狼狈极了。

记得很多个夜晚我都是在痛苦的失眠状态下熬过来的，那时候我和哥哥住在一个房间一张床上，他学习了一天很累，躺下就能睡着。我睡不着，就想和他说说话。

我侧过身，叫他，哥，哥哥。

他通常都是没有丝毫反应的，我便继续，拿个棉签塞进他耳朵或者鼻孔里，但他也仅仅是醒一下而已，便又接着睡过去了。有时候我狠一点，捏住他鼻子把他憋醒，然后很快地和他说话怕他睡着。

我一遍又一遍地问他——

“哥，哥哥，你说我还有机会上北大吗？”

他都是点头哼几声，然后也不再理我就睡了。很多次我都觉得他没有个哥哥样子，明明我这么难受痛苦了也不陪陪我，所以就很用力地踢他几下，然后再打他几下。有几次把他打醒了，就轮到我装睡了，他皱皱眉，说我有病之后也就安静了。

我躲在被子里咯咯地笑，笑完后又总觉得沮丧和落寞。

有人不是这样说的吗，大笑的人一定内心最悲伤。

自主招生失利后，我的情绪更加低落，成绩一度坠入谷底。最要命的是无论我多努力，成绩都毫无起色。

那时候我的名次一直排在全校十名左右，按照历年的情况来看，这样的成绩想要考上清华北大是完全没有可能的。我不知道为什么，自主招生前的自己，每次考试不是全校第一就是全校第二，是学校考过最多次状元的学生，但是经历过自主招生后，我的成绩怎么也回不到过去的高峰了。

幸运的是，在我人生最低谷的时候，校长和老师没有一个人放弃我，他们一次次跟我聊天，鼓励我，帮我驱散心底的郁闷。

但成绩仍不见起色。

那些日子过得很辛苦，我就像疯了一样，和哥哥吵架，大动干戈，跟朋友冷战，乱发脾气。但其实我发脾气并不是最可怕的，最可怕的是，到最后我连脾气都不发了。

记得最消极的时候，我就躺在床上告诉自己，该放弃了。我甚至不想再起来，想就这样一直躺着，躺到高考。

你也曾有过这样的日子吗？

极度怀疑自己，否定自己，你对自己说你努力了但就是不行，你做不到，你所有的付出都无法赢得哪怕小小的、仅有一次的成功，你甚至开始怀疑通宵达旦的苦读敌不过生来的聪颖和天赋。抱怨和郁闷慢慢衍生出恐惧、绝望，你觉得这个世界真的不公平，你觉得全世界都在与你为敌，即使你不甘，你不服，可是现实就是要响亮地告诉你——你，就是不行。

但是我并没有投降。

我渴望考上北大，我甚至从未怀疑过北大就是我唯一的选择。我难以忘记一年前在北大参加夏令营时体验的生活，我渴望那样的教学楼和那样的教室，渴望闲散了就坐在湖边看看书，疲惫了就走到林子里呼吸几口新鲜的氧气，渴望迷失自己后又在这个园子里与自己重逢，厌恶自己后又在这个园子里找到自信的大学生活。

我渴望北大，是的，我很清楚。我觉得除了北大，没有一所大学可以让我心安，让我臣服。

颓废过后，我收拾好自己的坏情绪，继续在奔赴高考的最后一段征程。那时候哥哥已经拿到了20分的加分，再加上状态和成绩一直都还不错，因此有很多的精力来照顾和鼓励我。我一直觉得我和哥哥就是最佳拍档，在我成绩好的时候，我有心情和精力来帮助他；在我成绩飞速倒退而他胜券在握的时候，他又可以反过来帮助我。

每天清晨，我都会很早起来，先背五组单词，然后去洗漱，我在卫生间的墙壁上贴满了各式各样的字条，有文学常识，有字音字形，有英文单词，还有成语释义。刷牙的三分钟里，我会尽量把墙上所有的字条看一遍，从莫泊桑看到曹雪芹，从《悲惨世界》看到《资治通鉴》。

到校后马上开始复习书中的知识点，我把书翻开，抬起头闭着眼背诵每一课的知识，我觉得所有的知识体系都已经深深刻在我的脑海里了。上午的课总会感到困乏，我多数是站起来听课的，就站在教室的最后面。一下课就拿着习题跑去老师的办公室，问问题的时候我紧跟老师的解题思路，分秒都不敢分心。做广播体操的时候，我就拿一个古诗文的小本，做操前就低头默默地背，直到广播操响亮的音乐声响起，再将本子放在兜里，开始做操。

中午回家，午饭总是很丰盛，补充足够的营养可以帮我更好地对付一天的苦战，但我也总是在20分钟内解决午餐，之后便到卧室里做题。每天中午，都是固定的英语时间，一篇完形、两篇阅读，我相信熟能生巧和聚沙成塔。午休40分钟，醒来后阳光正好，客厅的桌上总是摆放着家里人准备好的水果，苹果、橙、樱桃，都已装好，是下午补充能量的“重要装备”。下午的课间我也很少浪费，10分钟的课间就可以做一道数学大题。

等到晚饭后，我又会做15道英语单选，再走去学校上晚自习。去学校的路上，我总是计划着晚上要学习什么，安排一下晚自习三节课的学习内容，之后便严格地去执行。晚自习大约10点结束，回到家中，喝一杯酸奶，便又开始学习。困了，就去洗脸，或者举哑铃，这是哥哥想出来的消除困乏的办法，相当好用。夜半时分，任务完成，便洗漱睡去，睡前我总会告诉自己：“这一天，真幸福。”

的确，高三很苦，我们连吃饭、洗澡的时间都要精打细算，我们不能看电视，不能玩电脑，甚至连与朋友闲聊、逛街、聚会的时间都少之又少。每天早上要忍着困乏硬撑着起床，去学校一坐便是一上午，中午做短暂的休息，然后又是一个漫长的下午，晚上也还要学习到深夜，方能休息。

我们的桌子上堆叠了很多的书、很多的笔记本、很多的卷子，这一切仿佛总也没个尽头。我们的草稿纸上布满了密密匝匝的数字，手掌心上写满了要买的习题册的名字，桌上贴满了各式各样鼓励自己的话。考试前会紧张得睡不着觉，痛苦地失眠，身体劳累不堪，考试后又会为不尽如人意的成绩懊恼苦闷，甚至躲在被子里失声痛哭。

看着墙上或者桌上贴着诸如“我的大学”这样的字，总会很心动，但是心动也伴随着心痛。我们总感觉前途迷茫，梦想就像远在天边触摸不到的云雾，或者稍纵即逝的流星。

但这真的就是高三。

谁不是这样长大的呢？

要相信，那些吃过的苦，受过的累，扛过的艰辛岁月，总有一天，会化成一束束光芒，照亮我们跋涉的路。

没有改变不了的未来，只有不想改变的过去

青春最大的好处是可以不言败，趁着骨子里有骄傲和热血，一直拼下去。

仿佛一眨眼的工夫，高考就来了。

那几天过得很有意思，老爸老妈总会在我俩睡觉前给我们做全身按摩，老爸笑着说："要不是高考，我儿子还没这福气享受按摩呢。"老妈也应和着："儿子，坚持啊，就快结束了。"

回头想想，高考那两天对我而言仿佛很艰难，又仿佛很轻松。我只记得我在走往考场的路上，还在捧着书看重点。而当我走进考场那一刻，我知道此刻的自己已经准备好，我已经是最优秀的自己了，无所畏

惧，必然所向披靡。

唯一的小插曲便是数学考试。数学是我最拿手的科目，之前自己定的目标是130分以上。看着整整八本错题本、三本笔记本以及装订好的一大摞卷子，我心里想，我考不好了谁考得好？带着这样的心态我走进考场，但令我意外的是，题目异常简单！选择填空，我仅仅用了20分钟就完成了。

可是简单意味着什么呢？

简单意味着自己两年来辛辛苦苦从110分追到140分的努力要因此白费了；意味着自己的优势科目在高考中不再有优势；意味着那些数学不好但其他科目好的同学会异军突起；意味着我在高考这场战役中失去了我最有利的武器，意味着我要用优势并不明显的另外三科来抵抗其他人的优势冲击。

数学卷子我做了一遍，又完整地检查了一遍才算心安。所幸后来成绩出来，我考了满分。无论如何，这也算是对自己三年努力的一个完美交代吧。

考完试的那天下午，我回到家里，老妈已经把屋子收拾得差不多了。这个租了一年的房子就要迎来它的新主人，另一个高三生，另一个家庭的梦想。

整理好所有的行李，我们准备回到自己的家乡，那座我想念已久的城市——廊坊。

我激动地把手放在妈妈肩膀上，对她说："结束了，真的结束了吗？"

是啊，结束了。

真的结束了吗？

那些你在这里度过的日日夜夜，你在黑夜里默默流下的滚烫泪水，你在黎明前立下的信誓旦旦的承诺，你在课桌上刻下的字，墙上贴好的目标，手掌心里写着的梦想。

都结束了吗？

是的，结束了。

无论未来是何种结果，这一切，有关高三的，都结束了。

仍记得高考结束的那天晚上，我和哥哥聊了很久。我问他如果两人都考不上北大怎么办？

他反问我："敢一起复读吗？"

我犹豫了，但我知道我不敢，更不肯。

我又问："如果有一人考上了，一人没考上怎么办？"他沉默，没回答。我们都知道，这将是最令我们难堪的结果，远比两人都没考上要艰难得多。

我逗他说，如果我考上了，他没考上，那么我就带着他的梦想，去燕园；如果他考上了，我没考上，那么从此我们两人改头换面，他叫苑子豪，我叫苑子文，我代替他读北大。

哥哥问我幼稚吗，我说你不答应就不是哥。

好在命运青睐，我们一起考上了北大，未来还将并肩走下去。

知道成绩那天我很兴奋，打电话给亲戚、老师、朋友，我在床上蹦蹦跳跳，激动得乱打滚，我抱着妈妈听她哽咽，帮她擦眼泪，我很用力地抱着她，告诉她："妈妈，我们俩做到了！"

那天晚上我睡得很少，大概是因为兴奋吧。总在一次次地问自己这是不是真的，问自己是不是真的和双胞胎哥哥一起考到了北大。好几次忍不住跑去烦哥哥，不停地问他，是不是？是不是？

哥哥不耐烦了就回一句，你别烦了。

他说我太夸张做作，明明知道是自己，还装作一副茫然无知被天大的好事砸中了的样子。我嘴上反驳，但心里早乐开了花。这种幸福感太过于强烈，我一时没法平复心情。一整夜我就一个人躺在床上，也不闭眼，盯着天花板发呆，脑子里不断闪现的是这一路来的点滴片段。

我记得高一刚入学的时候我考了第140名，当初激动得不得了，下课后借了电话卡立刻跑去学校的电话亭打给爸妈。他们只是说，哥哥考了前100名。不过我还是听得出他们的开心。

那时候的我压根没想过自己三年后会是这个学校当年的高考状元，天津市高考第五名，没想过自己是学校里当届拿过最多次第一的学生，更没想过有一天自己可以考到一所名叫北京大学的学校。

我仍然记得当时我跑到年级主任的办公室，问他我有没有希望考上重点一本大学，主任说很有希望。我接着问如果考南开大学，有没有戏。主任说，如果你真的想，就有戏。

那天晚上回去我想了很多，一所学校每年都会有人考状元，也同样会有人垫底。为什么平等的机会就要让给别人，而不自己紧握呢？我这样问自己。

也许就是在那个时候，一个小小的状元梦被悄悄地种下了。

当得知我的分数确定考入北大没问题的时候，我的心真的就那样空了。仿佛是在长时间紧绷的渴望和期待状态下，忽然得到了装满美好之物的彩蛋，这之后的种种情绪都因为兴奋而变得飘忽梦幻起来了。

我在黑暗里反复对自己说——我心爱的大学，我就来了。

时至今日我还记得妈妈单薄的身体依偎在我怀里，她反复问我：“儿子，这是真的吗，是真的吗？”

我也知道这真的不容易，双胞胎，同时考上北大。我更知道，我们用行动证实了一句话——苦，从来都不是白吃的。

每个人有自己的人生模式，我、我们，都不是天生幸运的一类。因此辛苦和难过，是为了活得精彩难免要付出的代价。然而就像深海的鱼终其一生想要呼吸一口浅滩的空气，望一眼太阳的光芒，有些事情，你此生不得不做。

如果你无法逃避你不喜欢的，就试着喜欢你无法逃避的。

我总跟自己说，苦，从来都不是白吃的，所以我吃了比别人更多的苦，忍了比别人更多的痛，我值得拥有比别人更好的未来。

失望值得经历，希望值得等待。

高考从不相信运气，只青睐实力。为此，我们别无选择，只能马不停蹄。

我想，每一位英雄都必定要经历一段孤独的时光，也正是在这段独自承受的日子里，英雄，淬炼了意志，磨砺了韧性，所以英雄才是英雄，胜利不可阻挡。

那一段高三路，我走得很艰苦，我也不知道到底是什么力量支撑着我一直走下来的，只记得这段路，我一直告诉自己——

过去属于死神，未来属于自己。

你是我的 最佳损友

我要做你的一世好友，跟你一起，
嬉皮笑脸地面对人生的难。

上北大后，我发现大学与高中生活的最大不同就是，我和哥哥再也不能像以前那样形影不离了。如今，我们在不同的教室上课，在不同的餐厅吃饭，在不同的宿舍楼睡觉。我不能在想他的时候抬头就能看见他了，也不能在快速吃完自己的零食后去抢他的那一份吃了。

想他的时候，我就给他发个微信。有时候什么也不说，只发个撒娇的表情，那个扭着屁股的小兔子就成了我的专属符号。

哥哥每次都会很敏感地回复我：“说吧，又什么事？”

“嘿嘿，这次不是找你要钱花啦，是想问问你能帮我去南门取个快递吗？我今天不舒服懒得动。”

…………

更多的时候我们是在微博上互动。有次我收到了一份网友寄来的礼物，是一个轻松熊图案的拍立得，漂亮极了。

我赶紧发微博向他炫耀：“很久没有收到礼物了，好开心，可爱的拍立得太有爱了。我该不该艾特大哥@苑子文炫耀一下？虽然我好像已经艾特了。”

正当我为自己的调皮捣蛋沾沾自喜的时候，谁知道他竟然这样回复我：“收到一个冰箱，真的好开心！八开门，太大了，手机照不下，也就不艾特你了，你那个小。”

看到这里我就震惊了，马上又写了一段话回击：“都12点了还没起？还做梦呢？最近太累了，辛苦辛苦。你一说八开门的冰箱我就想起了宿舍一进门那四个柜子，每个柜子都有两扇门，放眼望去，八开正好。我都不用别人送，楼长阿姨早在我来前就给我配备好了。”

此话一出，他被噎得半天没反应。

我们就是这样，不仅是哥哥弟弟，也是无论何时何地都嘴上不饶人的最佳损友。

平常他总喜欢在自己的微博下评论说：“二哥，求回复。”

记得有一次我这样回复他："本来我的评论就少，你的评论就多，我怎么可能给你增加一条回复呢？除非我脑袋被核桃夹夹了抑或是脑袋被金龙鱼调和油给1∶1∶1地灌了，否则你想多了。"

的确，哥哥的微博收到的评论总是比我收到的多很多，大多数人都更喜欢哥哥，这事总让我有点不爽。有一次我收到女网友发来的这样一条私信："哥哥好帅。"

中文真是博大精深啊，我反复看了好几遍，不确定她是想发给我哥哥但是发错了呢，还是因为比我小所以称呼我为"哥哥"，或许她真的就与众不同真心喜欢我呢。虽然我看了看她的资料，确实比我小，这句"哥哥好帅"极有可能真的是发给我的，但我还是对此持怀疑态度！

于是我纠结了很久决定不回复！并在以后和哥哥的合影中果断把哥哥的脸都打上马赛克。

我总向妈妈抱怨喜欢哥哥的人总是比喜欢我的人多，然后跟妈妈撒娇说："妈，您得多给我点钱，我好好打扮自己才能跟大哥差不多，不然长久这样自尊心会被伤害，我会失衡发疯的。"妈妈心软，也好骗，总是护着我还多掏零花钱给我。不过这些都是瞒着哥哥的，谁会傻到告诉他呀。

写这本书的时候，哥哥对我还算是态度良好百依百顺。有时候我窝在宿舍写一天，喊他来宿舍给我送饭和水果。我跟他说自己发烧了很难受，一天没离开床了，等他拎着很多吃的一进我宿舍，我就立刻跳起来冲他嘿嘿地奸笑。

“谢谢啊。”

哥哥一看我这样，二话不说免费送我俩白眼，外加一句“不客气啊”，说完扭头就走。

我们在为这本书做前期准备的时候总和编辑在一起头脑风暴，编辑帮我们拍了很多拍立得照片，打算签上名送给大家。他自知写字难看，所以苦练了很久的签名，我经常见他埋头在纸上一遍又一遍笨拙地练习。

后来有网友发微博说我的字签得比他的帅多了，我赶紧回复网友：“我都没好好签就把大哥比下去了，谁说的字如其人？骗子！要是真的字如其人，那大哥得长成火星人的样！”

发完这条微博后我暗自开心了很久，深深地被自己的“才华”打动了。

没多久，哥哥就在微博上回复我：“对！骗子！怎么可能字如其人，你看你签得这么好！”

我气得打电话去骂他，冲他大吼大叫，还逼他删了这条微博，威胁他要给妈妈打电话告状。后来想想自己最近略有些“消瘦”的钱包，我又没骨气地让步说：“不删也行，补偿我一些精神损失费算了。”

正是因为知道我们谁也不会生彼此的气，所以我们俩开起玩笑来总是大胆又放肆。有次我去他宿舍看望他，买了一袋零食，到了他宿舍发现他不在，电脑打开着正处于休眠状态。我一时好奇，就想看看他稿子写到什么进度了。打开文档后发现他原来在稿子里这样写我——“二又㞞，霸道还傻，无理取闹，没大没小。”

一怒之下我猛删了他好几百字的稿子，点击保存后拿着本来是要送给他的零食起身离开。刚走到门口，又觉得这样还是便宜他了，马上回头把他宿舍搜刮了一遍，把他的零食和饮料统统装在袋子里拿走了。

事后哥哥脸色铁青地收回了给我的备用钥匙，不过他一定还不知道，我早就配过好几把了。

当然，我也有被他欺负的时候。有一次网友提问说周末他要和我去录什么节目，他就回答说带着我去录制《动物世界》；有网友说她昨晚梦到的居然是我而不是哥哥，这很不科学啊。哥哥便回复人家：“是不是白天压力太大了，总做噩梦？”

所以我也总是对他毫不客气，当有人问我高考后的那个晚上在干什么时，我毫不犹豫地回复：“想想高考究竟能比大哥高多少分。”

嘴贱但情深的我们就这样用生命互损着走过了很多共同的岁月，我不知道我们的彼此幽默还能默契到什么程度，但是我希望它能坚持到永远。

BANDAI
CAPSULE STATION
¥300
コイン投入口

Part 3

匆匆那年，幸而有你

【哥哥篇】

一辆自行车，两个小朋友

小时候，一辆破旧的自行车，为了让妈妈先载他，弟弟总是坐在地上撒泼耍赖。现在的我，依然希望他走的每一步都端正漂亮，赢得光彩。

小时候家里的生活条件不比现在，养一个小孩已经很吃力，再加上子豪这个“买一送一”的来凑热闹，爸爸妈妈就要拼命挣钱，除了上班，下班还要卖啤酒、倒水泥，做一些小生意来贴补家用。

上小学的时候，妈妈总是起得很早。不仅要换着花样给我们做早饭，还要盯着子豪把他最不喜欢喝的牛奶喝掉，以防他趁妈妈不注意全倒给我。要找好衣服看着我俩穿好，再骑着自行车载我们去上学。

一辆自行车，两个小朋友？是的，妈妈总是最有办法的。她总要先载一个骑出去一段距离后，再回来接另一个。那时我们经常抢着要先坐妈妈的车，每次我被载的时候，子豪要么就是坐在地上双手托腮皱着眉，要么就总是故意走得很慢很慢，希望能少走一段距离。

那时妈妈的眼神让我期待又难忘——她不放心我们当中的任何一个人走在后面，于是她每骑出去一段距离，总不放心地回过头来看看落在后面的小孩，仿佛一个要载在身后，一个要载在心里，哪个也不能离开她半步。在要拐弯的地方，妈妈要先放下车上的那个，回去接另一个，她不放心任何一个孩子消失在她的视线里。有时候弟弟哭闹着要妈妈先载他，他坐在地上撒泼耍赖，我都怕丢人，赶紧扶他起来，让妈妈先载他。他一听我这么说就立马站起来拍拍屁股上的土，说："哥，下次你主动点儿让着我行不？一点儿都没当哥哥的样儿，我要是你哥，我每次都让你，我每次都让你，真是……"摆摆手教训过我之后，他就美美地坐上车扬长而去。而我每次都在他走远后，气得在后面踢石子，边踢边念叨着"苑子豪是大坏蛋"。

妈妈骑回来接我时累得直喘气，却还是温柔地告诉我不许和弟弟闹别扭。我坐在妈妈的车后面，小手搂着她的腰，看着她一前一后、一倾一斜地骑着车，嘴里还叮嘱我要好好听课。我抬起头，看着我瘦小的妈妈咬着牙顶着风，发现她为了照顾我们两个吃了太多别的妈妈没有吃过也不能吃的苦。我不好意思地小声说："妈妈，以后你先载弟弟，我不跟他抢了，你别生气，行吗？"说完我抬起头看见她因为笑而隐约凸起的颧骨。阳光很温柔地贴在我和妈妈的脸上，妈妈一边喘着气用力骑车，一边笑着说好。

那段去往学校的路，不知道妈妈曾经载着我们走了多少个来来回回，度过了多少个春夏秋冬，给过我多少个充满爱意的回望。

直到如今，当我走在路上看到有母亲载着孩子去上学，都会不自觉地停下来，目送他们。有时候我站在他们后面，竟有一种错觉，就像是当年期待着母亲的回眸一样，目不转睛地张望着她的背影，久久地，张望着……

妈妈的爱：没有偏心

心里明白父母那些无微不至的爱和关怀，却希望得到更多的爱和特殊的关心，每当这时，他们都会摸摸我的脑袋说："臭小子，还要我们怎么宠你啊？"

一直以来，妈妈对我的期望都很高。可是我从小就不如弟弟，在他加入少先队的时候，我只能在家里偷偷戴他的红领巾；在他是班长的时候，我才刚刚当上小组长；在他的作业被贴在墙上展示的时候，妈妈却因我的字迹太过潦草而被叫到办公室……诸如此类的事情，在我的成长中一遍又一遍地发生。而我也在"哥哥不如弟弟"的议论中，慢慢失去了上进心。妈妈替我着急，她希望我们一样优秀而不是一枝独秀，她希望我能端正态度迎难而上而不是自暴自弃甘为人后，但是当时那么小的我，都只把她那些苦口婆心的劝说当成她嫌弃我不如弟弟的借口。

每次看着弟弟蹦蹦跳跳地在爸爸妈妈身边讲学校发生的趣事，我就故意走得很慢跟在后面，摆出一种被冷落抛弃的可怜状。细心的妈妈总能很快发现我没跟在身边，回过头来拉我的手，可我总是觉得委屈，倔强地挣脱她，硬要一个人走在后面。

碰到犯了错误要被惩罚的时候，弟弟总是嬉皮笑脸地向妈妈求饶，说些可怜话保证以后不再犯错。妈妈心软，看他态度诚恳就放他一马。而我从小就不会讨好妈妈，每次被训只会把头瞥向一边，瞪圆了眼摆出一副又恨又不服气的模样，妈妈气得要打我，可越是挨打我越是不服，不停地喊着不公平，喊着“妈妈你偏心”。

记得有一次，我们和妈妈坐在床上玩纸牌。那一轮我的手气特别好，而弟弟的牌很烂，妈妈见此情况便故意放水，让弟弟多走几张牌。我一边叫喊着不公平，说妈妈总偏袒弟弟，一边把纸牌扔了满地。妈妈生气了，说我没有度量，刚教训了我几句，我用力一脚将她踢到了地上，摔倒在地的妈妈哭了，我吓坏了。我以为妈妈会大发雷霆，没想到的是她起身抱着我说不要再以为她偏心了，妈妈对两个儿子的爱一样多，甚至更爱我，不管我是不是和弟弟一样优秀。我在她怀里愣了好久，其实直到现在我都非常后悔，后悔最后我还是挣脱妈妈的怀抱，后悔扔下那句“你就是偏心，你就是喜欢弟弟”。

那大概是我们母子之间最剑拔弩张的一段日子了吧，至今想起来我都还为自己当初的幼稚和偏激感到可笑。那段日子，爸妈隔一阵子就要问我还认不认为他们偏心弟弟，我心里不得不承认父母对我付出的那些无微不至的爱和关怀，嘴上却还是说着反话，想借此机会得到更多的爱和特殊的关心，每当这时，他们都会摸摸我的脑袋说：“臭小子，还要我们怎么宠你啊？”

其实我知道，在我不如弟弟优秀的时候，爸妈其实给了我太多太多的鼓励和表扬——每当和外人出去吃饭的时候，爸妈都会说我更懂事。而每当外人问起我，爸妈是不是更疼小儿子的时候，爸妈总是抢先一步说他们更喜欢老大。我在这种自我否定和爸妈肯定的氛围之下成长着，直到有一天，我自己也足够优秀到自信满满，我再也不认为爸妈不公平或者偏心。

其实，连我自己都记不得是从哪一天或者哪件事之后我开始改变了对父母的看法，开始承认他们一直在一架天平面前小心翼翼地经营着自己的爱，开始不再无理取闹或者争吵着想要得到更多的关怀。

现在看来，谁更加受宠已不再那么明显或者重要，就像在爸爸和妈妈中间，一定有一个让我们更愿意吐露心底的小秘密，也一定有一个是我们受了委屈就第一个想起的人，但我们对他们的爱难道也要分孰轻孰重吗？答案自然是否定的。

长大以后，再回看自己小时候的幼稚和固执，就觉得当初怎么那么矫情。我生活在这样一个家庭里，弟弟从小调皮嚣张，老把自己当小孩看，而父母或多或少都会更迁就他一些，任他好吃懒做不爱干活，任他耍小孩子脾气骄横跋扈，任他无理取闹地欺负我这个当哥哥的，当然最常用的理由就是“他小，让着他点儿”。所以我曾经心态失衡过，不满愤怒过，甚至内心阴郁过，但终究走了出来，并加入了爸爸妈妈偏心疼爱弟弟的队伍中去。我也开始有些没原则地宠着弟弟，永远维护他不让他受一点批评或者惩罚。

这样的直接结果就是导致子豪欺负我欺负得更名正言顺不加节制了。

爸爸的爱：超级英雄

爸爸不再像对待小孩子一样宠爱我们，而更多的是以一种男人和男人之间的方式来给我们力量。

与妈妈的温柔慈母形象不同，爸爸则一直在扮演硬汉角色，有什么心事都不和我们讲，再加上平日里我们的生活琐事、饮食起居几乎全是妈妈一手包办，我和弟弟也因此和妈妈更加亲近。有时候妈妈开玩笑，问我们是更喜欢爸爸还是更喜欢妈妈，爸爸总是会默默低下头或者转移话题，他甚至都不愿意等那个他已经猜到的、毫无悬念的答案。

可随着时间的推移，尤其是高中和大学我与子豪离开家到外地去读书之后，回家的次数越来越少，爸爸也一改以往的硬汉形象，有时候他会主动给我们订好车票让我们回家看看妈妈，其实我知道，是他想我们了；我每次给家里打电话都是打到妈妈手机上，爸爸就让妈妈开免提，在一旁静静听我说些生活琐事，当我听到电话那头熟悉的笑声时，会猛地鼻子一酸。

还记得爸爸妈妈第一次送我们去北大报到的时候，我们死活不让父母送进宿舍，觉得自己已经是大学生了，可以打理好一切事情。在校门口拿好了两大箱行李跟爸妈告别时，妈妈唠叨了很多已经嘱咐过好多次的话，我偷瞄爸爸的表情，觉得他有话要说却欲言又止，我张开口主动问："爸，有啥要嘱咐的没？"

爸又犹豫了一下，磨蹭了半天，最后终于开口："儿子，要不爸妈进去帮你们收拾一下行李？"

"爸，您就放心吧，肯定没问题。"我像揽兄弟一样不动声色地把手臂搭在他的肩上，突然间发现原来爸爸已经矮我一头了。

"好，一切顺利。"

突然感觉，我真的长大了。仿佛就是一夜之间，爸爸不再像对待小孩子一样宠爱我们，不再会因为担心我们无法处理好各种事情而像过去那样事事亲力亲为，而更多的是以一种男人和男人之间的方式来给我们鼓励，给我们力量。

所以我知道他其实是鼓起很大的勇气，才开口问我是否需要他们为我们打理宿舍。我知道他还想像呵护小孩子一样，为我们打点好一切，可他又比谁都清楚，有些爱和关怀，在适当的时候也应该适可而止。

从小爸爸在我们心中就是不可挑战的权威。他曾在北大进修过一年，长得又帅，在我和子豪眼里，爸爸可一直都是当之无愧的偶像。

不过随着我们的成长和成熟，爸爸开始更多地听我的想法和意见。我隐隐意识到，也许很快，有一天，我会从爸爸那儿接过为全家人挡风遮雨的重担。

有爸爸这个超级英雄在前，还有子豪这个小孩子在后，我一点也不怀疑自己就是完成这个重要任务的唯一人选，也十分确定自己一定能成功完成任务。偶尔想想，在忐忑之中，我心底甚至还有一些期待。

父母给你最好的爱 是肯定与支持

我和爸妈都认同一件事：父母的爱，不是溺爱，也不是放纵，更不是不在乎，而是相信、肯定和支持。

在“虎妈”“狼爸”的棍棒式教育像一场流感般席卷中国的当下，仿佛作为学生都背负着一副十字架，深陷“考不上考不好就毁一生”的尴尬处境。

也许很多人会好奇，到底是怎样的父母能教育出一对考上北大的双胞胎，是不是家教甚严的书香世家？是不是我们从小就穿梭于各个辅导班不留一丝空闲玩耍？

每次被这么猜测的时候，我都会忍不住扑哧一声笑出来，因为我们俩的实际情况与这些猜测实在是大相径庭，真怕说出来显得没有说服力。

说实话，我们爸妈的学历都很普通。这么多年爷爷也只是希望家里能出个大学生，一了心愿，根本没想过要我们考什么名牌大学，更别说是北京大学。我爸妈的教育方式是广受争议的“放羊式”，他们选择完全放手让我们自己面对学习上的各种问题。

不过他们倒是有一套独特的理论——如果真的在学习上有进取心，再怎么贪玩也能把握好轻重缓急的分寸；如果只是应付敷衍，家长再怎么逼迫也是徒劳无获。

不得不说在教育孩子这方面，我爸妈有一种难得的睿智和默契，或者说是他们有一种难得的开明和远见。他们很注重培养我和弟弟的上进心，因为在他俩的观念里，男孩子一旦有了想争先的欲望，自然会不待扬鞭自奋蹄。而他们真正教会我俩的，也是发自内心地去热爱自己做的每一件事，要做就要尽力做到最好，绝不轻言放弃。

所以从小他们就不阻止我打游戏或者和小朋友玩，有时甚至还会用“劳逸结合”的说法主动为我的懒惰找个漂亮的借口。

从小学开始，我和弟弟的学习就完全处于自理的状态，回到家无论是先看电视还是先玩电脑，爸妈从来不管，因为他们相信我俩一定会按时按量地完成学习任务，就像相信我们一定爱吃炸鸡腿和玩游戏一样自然。

我和爸妈都认同一件事：父母的爱，不是溺爱，也不是放纵，更不是不在乎，而是相信、肯定和支持。

虽然从小我们俩的自觉自律总让身边的大人们赞叹，但毕竟我们都还是孩子，对这个世界有太多好奇，懈怠和懒惰也是常有的事。

小时候，我经常逃画画课和硬笔书法课，被他们发现后，他们问我到底想不想学？有没有考虑清楚？后不后悔？我那时贪玩，说自己不想学了，他们就为我退了课。尽管后来我悔得肠子都青了，但爸妈说为了让我长记性，是值得的。事情虽小，却总是提醒我，学会为自己做的决定负责，成败自负，不能像孩子一样耍赖撒娇。

再比如，尽管我们从小就学习好，但是玩心和其他男孩子一样重。小学时我们迷上一款网游，之后就一发不可收拾。每个周末都提前完成作业，然后在电脑前拼搏厮杀，不分昼夜。到了假期更是每天早上6点起来打游戏，中午也坐在电脑前随便吃一些东西，一动不动一直玩到晚上爸妈下班。有时候我也懊悔自己的沉迷和无法自拔，但好在没有深陷进去。上了中学，学习时间变紧张了，我主动把游戏删了，直到暑假有时间了再下载来玩一玩。

就这样，在来来回回不知道把游戏删了又下载多少次的过程中，我学会了在挣扎和犹豫中做选择和取舍。印象颇深的是，中考结束后我第一个奔出了校园，到报刊亭买上六张游戏卡、两瓶冰镇雪碧，一回家就开始下载令我心痒已久的网游。但我始终庆幸的是，在这段网游人生中我一直保持着清醒的头脑，并没有因为贪玩游戏而荒废学业。

爸妈从没有逼过我做任何事情，一切都是只给我成年人的意见和经验，然后让我自己权衡利弊，做最后的决定。我们这种平等民主的氛围在日常生活中更是处处可见——比如，我学着爸爸朋友的叫法，与父亲以兄弟相称，我叫他“光哥”，叫妈妈“光嫂”。我爸妈心态极其年轻，从不在乎这些，反而还觉得挺有意思。

我很难用只言片语描述出我们家特殊的氛围。上高中时，爸妈直到高三才来天津陪读，高一、高二两年的时间里，他们来看我们的次数不多，除了给我们满满的支持和鼓励，几乎没有什么别的要求。上大学后，爸妈总是希望我们每周都能回家，每次我们因为学校有事而不得不爽约的时候，他们俩就要打电话来嘘寒问暖，开着免提，两个人就像孩子一样在电话那端吵着多说两句话，可爱极了。

或许这是属于我们独特的成功秘籍，那就是不去执着于成功这个虚无的定义。爸妈愿意放手让我们出去拼搏，也愿意在背后给我们永不退却的守候。他们的要求永远不是强制性的，但我们总会为自己也为他们努力做到最好。父母的爱，让我在每一次诱惑难抵时克制自我，让我在每一次失魂落魄时重整旗鼓。不论我走得再远，只要拥有这样的爱，我就拥有了征服世界的最强武器。因为我知道，在我迷茫、困惑、忧伤、碰壁之后，他们还在原地。我一转身，就能看到他们。

在他们眼中，就算我爬得再高，跌得再惨，我永远都是他们爱怜呵护的稚子，跋涉天涯亦还是行在他们背脊上的旅人。

拥抱永远不会离开的自己

这个世界太锋利，走到哪里都可能被割伤，外伤易缝合，内伤难痊愈。幸好有你在身边。

小时候的我很傻。

记得有一次我要动手术，那时的我对手术没有任何概念，只是每次一想到将要有刀片在我的身上割开的时候，就觉得恐怖和害怕。

手术当天，在去医院的路上，妈妈一直跟我说话，让我不要害怕，可我什么都没有听进去，缩在车子的一角，子豪见了就说：“哥，你很怕对不？”我坐直腰板，清清嗓子，说了此生最没骨气的一个字：“对。”

临进手术室的时候，我换上鞋，告别父母。像一场生离死别的仪式，我故作轻松地抱着妈妈说我不害怕。努力睁大眼睛强忍着不让眼泪流下来，恐惧占据了我幼小的身体。我鼓起勇气，刚要张嘴，弟弟就站在爸妈后面说：“行了哥，快进去吧，我还没吃早饭呢，肚子好饿。”

每次都是这样，每一个爱煽情的哥哥身后永远都有一个爱拆台的弟弟。

“我不害怕，一会儿就出来。”我飞快地说完，转身跟医生走了。那是很长很长的一段走廊，我的手术室在最里面一个，我走着，静得能听到自己的呼吸声和心跳声，可我没有回过一次头，心里反复告诉自己，我是要保护妈妈的男子汉，不能害怕，不能回头。

手术台上，我反复问医生一个问题：“打了麻药就真的不疼了吗？”

医生顾不上回答我的弱智问题，忙着在我手上找血管，找了半天她叹息说：“你咋这么多肉，手上血管都找不到。”我正欣喜，以为不用继续做手术了，医生看懂了我的小心思，“小子，把脚伸出来。”于是我人生中第一次打麻药就奇葩地打在了脚上。

手术结束后，我在挂水，下半身还没有完全摆脱麻药的作用，整个人晕乎乎的。弟弟就轻轻地趴在我的脚上，眨巴着他圆圆的大眼睛问我：“哥哥你疼吗？”

我摇了摇头。他又问：“那哥哥你饿吗？”

我心里正欣喜，这家伙总算良心发现，我又摇了摇头，感动得热泪盈眶。谁知弟弟特别高兴地笑了，说："太好了，哥哥，你不疼也不饿我就放心了，那我把这些吃的都拿走了。"然后他爬到床边开始挑那些叔叔阿姨来看望我的时候带来的零食。拿走了大部分零食，留了一辆小汽车在我枕边。临走前他说："谢谢哥哥，这辆小汽车会替我陪你的。"

走到门口，他又转过身来呵呵傻笑了两声："哥哥不要太想我，吃完这点儿零食，我还会回来找你的。"

【弟弟篇】

我们『一不小心』就瘦了

那段日子每天都会沮丧，却依然保持战斗力，因为我知道，只有努力成为更好的自己，才能遇见你。

我们小时候爸妈上班忙，白天就把我们放在爷爷奶奶或姥姥姥爷家。

说起我家的这四位老人，那便是关于两个被宠坏的胖子的幸福故事了。

奶奶如今已年近80，每次她想我和哥哥了，还是会一个人跑去商场买零食，买回来放在家里那个比我岁数还大的橱柜里。薯片、果冻、饼干、干果，全是小时候我和哥哥最爱的零食，一样不差。

而爷爷则是把自己当年对大学的渴望都寄托在了我们俩身上。每次爷爷见我们都会反复叮嘱“有什么疑难问题一定要主动找老师问清楚”、“注意身体的同时不能放松学习”这类的话，还总给我讲一些俗套落伍的学习方法，为了不让他老人家难过，我只好敷衍着都答应下来。有时候爷爷话说多了奶奶会赶来拆台，奶奶最爱说的话便是：“这些我孙子都知道！”每每这时我就会扑进奶奶怀里撒个娇，然后用力在奶奶脸上亲几下说：“还是我奶奶好。”

讨喜装可爱这种事我好像生来就会，我的撒娇水平之高和卖萌技巧之娴熟相比哥哥那个天然呆，简直一个天上一个地下。所以我毫不怀疑奶奶最喜欢的一定是我，虽然这么多年了她从来分不清我们俩谁是老大谁是老二。

姥姥从小就特别疼我们，每次趁她睡觉，我俩和表哥就在家里疯闹，三个小孩光着身子在屋里追着打，站在沙发的靠背上比拼平衡力，玩具玩腻了就扔得到处都是，窗帘和墙壁都被弄得脏兮兮，姥姥醒来就跟在我们屁股后面收拾，偶尔嚷嚷几句吓唬吓唬我们。

姥爷爱抽烟，爱喝酒，每次一家子聚在一起吃饭的时候姥爷都要亲自下厨，给我们炒永远也吃不腻的辣子鸡丁和番茄炒蛋。在姥爷的带领下，我们几个小家伙养成了很多有意思的习惯，比如表妹吃饭要放很多老干妈辣酱，表哥吃白饭的时候则要在米饭里放很多盐。

小学二年级以前，我们俩都特别瘦，妈妈总担心我们营养不良，耽误长身体，所以就让老人们一定把伙食搞好。姥姥家的招牌菜就是炖肉，每次吃饭都得吃炖肉，肥瘦相当，大油大香。奶奶家也是一样，但因为在奶奶家待的时间长，所以我们总把长成小胖子的错都怪罪在了爷爷奶奶身上。

那时候，每天我们清早上学前，爷爷都要先骑车去熟络的早点店里，亲自给我们煮馄饨。爷爷知道我们爱吃什么不爱吃什么，虾皮不放，紫菜要多些，两勺干辣椒，再放一小勺肉汤，火烧夹肉要纯瘦肉，一小勺热烫烫的肉汤，再多加些青椒。差不多我和哥哥走到早点店的时候，爷爷就把馄饨端上来了。然后爷爷就站在一旁看着我俩吃，两个小胖子吃得满足极了，爷爷就也跟着傻笑起来。

除了早饭，每天爷爷奶奶准备的饭菜也都可口极了，肉、菜都有，营养均衡，所以很快就把我们俩喂成了小胖子。奶奶更宠我们，只要我们在家，冰箱里就永远有冰镇好的饮料，雪糕更是一年四季不间断。类似薯片、糖果这类让人发胖的零食，奶奶更是准备齐全。

我和哥哥的体重一直飙升，最胖的时候哥哥有170斤，我有160斤。那时候我们胖得连脸都是立体的，侧脸和正脸一样大，真是难以想象。每每坐下来，肚子都会像千层饼一样，摞出好几层，有时候吃饱了饭，摸摸肚子，自己都害怕。

那段时间里几乎没有女孩子喜欢我们，仅仅凭借不错的成绩在年级有点小名气。那段时间里我还讨厌上体育课，反感任何和运动有关的事情，讨厌夏天，害怕出汗。我最不爱听别人叫我们小胖子，即使说的是小胖子真可爱。

我曾觉得有哥哥跟我一起胖一起丑特别好，反正没对比没真相。不过偶尔一想还挺担心的——如果有一天他不胖了，变得比我好看很多怎么办？自此以后，每次吃饭我都是把碗里剩下的米饭倒在他碗里，假装撒娇说哥哥我吃不下去了，胃不舒服。哥哥老实，不浪费粮食，就替我吃了。每次吃炖肉的时候我都会给哥哥多夹几块肥肉，油腻腻的，还劝哥哥说这个肉特别好吃。

我们一路胖到了高中，最不喜欢逛街买衣服，试什么衣服都没号，有号了穿上又特别难看。

但谁也没想到我们在艰苦的高中三年竟然不知不觉地瘦了下来。从高一开始，每两周放一次假，每次放假回家，都能惊奇地发现又掉了几斤肉。慢慢地，便会听到赞叹，是的，胖子都是潜力股，总有一天会涨停。

瘦下来的我们体重趋近130斤，整个人就像是变了个样，事实证明了哥哥果然比我更讨女孩子的喜欢。

这件事让我苦恼至今，悔恨当初下手不够狠，早知道就多剩下一些米饭和肥肉给他了，不然哪还有他今日风光的份儿呢。

曾经以为，爱你就是欺负你

小时候和哥哥打闹，不小心让他撞了脑袋，我哭着问他："哥，你疼吗？"他扭过头看我，皱着眉头说："不疼，你别哭。"

有时候，我也说不清哥哥是真傻还是假傻。

小时候我们兄弟间的打斗是常事，记得有一次我把哥哥的脑袋撞向木门的边缘，当时他的头立刻就肿起来一个很大很大的包。哥哥好强，并没哭，最后妈妈象征性地打我几下，表示替哥哥报仇了。

妈妈说哥哥傻，其实我也早这么觉得了，每次打架，他都被我撞出个大包来，还老乐此不疲地跟我打。他又不敢使劲打我，又不能不跟我打着玩，所以结果永远都是——他不打我，只有我打他。

还有一次我俩在床上折腾，你一拳我一脚的，哥哥突然拿起被子盖在我脑袋上，我一着急，一脚就把他踹下床去。点儿背的他脑袋着地，磕在那块常被撞到的地方。妈妈急了，把我狠狠收拾了一顿。我看着一旁偷笑的哥哥，还有他脑袋上顶着的大包，没忍住笑了出来。

后来妈妈把我教训哭了，说这样很危险，老磕脑袋会把哥哥磕傻的，如果哥哥傻了就没人陪我玩了。我很害怕，也一下子变得老实很多。我一个人去到阳台坐着，手里捏着塑胶的小玩具。

没多会儿哥哥就坐在我身边，我哭着问他："哥，你疼吗？"

他扭过头看我，摸摸自己头上的大包，皱着眉头说："不疼，你别哭。"

我一看，他明显是强忍着痛说自己不痛，想到妈妈刚才说的脑袋多磕几次人会变傻，我忽然怀疑他是不是已经傻了。

所以那之后，哥哥每次犯傻，我都在猜测，是不是我小时候闯下的祸。

你吃过的苦，他们也吃过

已经忘记了多少曾经烂熟于心的解题技巧，忘记了曾多少次复习回顾过的知识死角，但是我永远记得，爷爷奶奶给予我们的最无私和最不求回报的爱和温暖。

从有记忆开始，爷爷就好像总是在我们身后追。小时候我们刚学会走路，爷爷怕我们摔倒，他在后面追；大一些时，爷爷知道我们淘气，怕我们闯祸，他在后面追；长大了，我们兄弟俩离家到异地求学，他不放心我们两个人单独在外，他在后面追。

高三这年爷爷从河北追到天津，照顾了我们一整年。

之前我们寄宿在一个老师家里。但是到了高三，爸妈想让我们更专注一些，所以就在学校附近租了一套房。新租的房子很简陋，两室一厅，不到100平方米，家具简单，空调也只有客厅和我们的卧室有，洗澡的设备是需要插电烧水的那种旧式锅炉。

每天早上，爷爷悄悄走进我俩的卧室，叫完我的名字就喊哥哥的名字，直到把我们都叫醒。这个时候爷爷已经准备好早餐了，有时候是在家里炒的蛋炒饭，爷爷从外面买来的豆浆，用微波炉加热好，等我们洗漱完毕后立刻就可以吃。

有时候蛋炒饭吃腻了，爷爷就煮鸡蛋面，配灯笼辣椒酱，端上来的时候热气腾腾，正好暖胃。又或者在外面的早点店换着花样买，一来二去，爷爷和卖早点的大姐都熟悉了，不用问就知道不加葱花多加辣酱，鸡蛋半熟就正好。

爷爷有个原则，那就是我俩放学进门必须吃上饭，这样可以给我们节省时间。从放学到回家吃完饭，基本上我们只用20分钟。

压力大了就爱多想，那时我总想赶紧逃离这黑暗的高三，想约一场说走就走的旅行，想与这堆叠如山的试卷永久道别，想直接飞到遥远的未来等现在的自己。

可那真的也只是想想罢了，毕竟我还活在高三。

想想看，谁的高三不痛苦？

在这段痛苦的时光里，同我们一起受难的，还有爷爷和奶奶。

10月初，奶奶也跟着过来陪读了。奶奶晚上睡觉时会打鼾，而爷爷怕这样会打扰我们学习，于是就把房门关得紧紧的。但是一关门空气不流通，奶奶就老咳嗽。

奶奶晚上咳嗽得厉害，难以入睡，她怕打扰我们就一直忍着、憋着。我是后来才知道的，之后每天晚上临睡前我都会把爷爷奶奶的门推开一点留点缝，好让空气流通。等到早上，再偷偷跑过去把门关上。

奶奶也怕爱看电视的爷爷耽误我们学习，所以每次中午吃完饭，当爷爷看央视新闻的时候，奶奶都会让他把电视的声音调小点，别吵着我们学习。起初，我偶尔从卧室出来去洗手间，总会看到爷爷站在电视机前，站在很近的位置看新闻。我问他怎么站那么近，是不是眼镜不好用了，爷爷就笑着告诉我刚吃完饭，站着消化消化。我也跟着傻笑，说爷爷跟奶奶一样，怕长胖，说完就笑着回屋学习了。后来我才懂，是爷爷把声音调得太小了，听不清才站在电视机前看电视的。

爷爷奶奶在天津住得并不习惯，尤其是奶奶。个性活泼的她因为不熟悉天津的环境，不能像以前在老家一样，经常出去跳秧歌、逛公园、逛超市。楼下老太太们打麻将奶奶也凑不上热闹，所以每天我们上学去了，她就只能在家看电视。实在闲了，就不停地晾被子、拆洗床褥。

后来妈妈给奶奶找来很多硬纸板，奶奶说她可以叠纸盒玩，叠好了吃饭时候正好装垃圾用。空闲时间奶奶总叠纸盒，一无聊了就叠，一叠就叠好几摞。到现在，家里还有没用完的纸盒。每次我吃饭拿出这些纸盒，就会想起奶奶和那段与高三有关的时光。

还有段时间，我下午上学前，总会看见奶奶一个人在沙发上睁着眼躺着。我就问她怎么不回屋睡觉，奶奶说睡不着，平常没有午休的习惯。

上学路上我就忍不住地想，一个爱美爱玩的八旬老太太，为了我们，来到这里，像被关进笼子的鸟，孤独无聊，真是叫我难受。

我们的房子条件恶劣，夏天炎热，空调并不是特别好用，冬天的时候屋子里又特别阴冷，冻得不得了。爸妈运来两个电暖器，再配上租房自带的暖气设备，屋里还是很冷。

爷爷怕冷，睡觉时候被子盖得多，手也不伸出来，全藏在被子里。两位老人，身体缩在厚厚的被子里，都只露出一个脑袋，每次看了都叫我心疼。

他们看到我过来时又笑得很开心，并轻声嘱咐："早点睡，别学得太晚。别着凉。"

12月往后天气更冷。早上起来厨房都冻得结冰了，窗子上全是坚硬的冰，什么都看不清。爷爷早上还要早起，就披件厚厚的大衣，进厨房做饭。厨房没有热水，要知道在大冬天里，用凉水洗菜洗碗，有多冷。

有次奶奶给我端雪梨汤，我看见她手上贴的都是胶布，我问她怎么了，奶奶说天太冷，手冻得全是裂缝，不过天气冷，血都不怎么流就被冻得止住了。我听了心疼到不行，真想让爸妈赶紧把爷爷奶奶接回老家好好过个冬天。

天再冷些时，地上也开始结冰了。奶奶不知道，有天大早上进厨房，一不注意整个人摔倒在地上，仰面朝上。爷爷赶紧把奶奶扶起来到床上歇着，怕耽误我们上学，什么话也没说就赶紧回厨房做早饭。我起来的时候就觉得不对，每天都是两个人一起忙活着做早饭，怎么今天就一个人了？

我去奶奶那屋看她，她跟我说昨晚没睡好，今天起不来了，懒得动，所以索性就让爷爷一个人去做饭吧。我给她老人家掖掖被角，亲她脸颊一下，告诉她："奶奶，再睡会儿吧，肯定是太辛苦，太累了。"

那天中午回来时发现奶奶走路不便，我几经询问才知道实情，赶紧给爸妈打了电话。好在奶奶身体好，很快就恢复过来了，并无大碍，且摔的时候，没撞到脑袋，否则后果就不堪设想了。

仔细想了想，我又怪自己怎么那么笨，早上明明奶奶疼得眼里含着泪花，我怎么就看不出异样？

爷爷也并未让我放心，可能岁数大了，身体机能也就随着开始下降。大冬天天气冷，爷爷穿得多，再加上不像以前似的总回老家运动，火气不断积攒着。有次午饭，正吃得起劲，我跟爷爷说自己最近状态特别好，小测总是很出色，爷爷笑得特别开心。然后，他放下碗筷，正准备和我说什么，突然血从鼻子里流了出来。

那时候我正端着碗大口地吃饭，看着爷爷鼻子里淌出血，心就像是被刀割了一样。我害怕极了，赶紧给爷爷拿纸擦拭，然后扶他到沙发上躺着休息。

爷爷告诉我没事没事，是奶奶没忍住，低声说你爷连着两天都这样了，老流鼻血，不让我告诉你们怕你们担心，可能是上火了吧，没什么大事。

走过高考一年了，我已经忘记了自己曾有过多少次成功或失败的考试，忘记了多少曾经烂熟于心的解题技巧，忘记了自己多少次复习回顾过的知识死角，但是我永远记得，在这有笑有泪、有幸福也有艰辛的一年里，爷爷奶奶给予我们的最无私和最不求回报的爱和温暖。

这世界从不缺乏伤害、欺骗和背叛，但也正因此，家才显得格外温暖而亲切。要知道在这个世界上，总有那么一群人，他们选择不计回报地呵护和关爱你，他们甘愿付出代价、做出牺牲。他们关心你甚过自己，生病时会关心你的健康，患难时会担心你的安危，无论自己处于何种处境，都把你当全世界。他们用一年又一年老去的岁月告诉你——他们爱你，很深。

如果你也感受到了温暖，如果你也感受到了关怀，那么请转身，不必满眼泪花，仅须怀着一颗用力跳动的心脏，用一个最温柔的眼神，告诉你的家人——

我也爱你们，很深。

Taste is good!!
いろいろ
冷却
冷却 OFF
Coca-Cola
REAL GOLD
EUROPEAN
GEORGIA
¥160
つめた～い
¥150

Part 4

每个人都在用力活着，用自己的方式

【哥哥篇】

第一次有了新室友

室友，恐怕是世界上称呼得最生疏却对我们最知根知底的人。

“恭喜你，你已经被北京大学社会学系专业录取，我们在美丽的未名湖畔等候你的到来！”不知为何，当我从查询北大招生录取结果的网站上看到这样一行字的时候，心里竟然异常平静。

或许是很久以前对北大的归属感早已在心中根深蒂固，曾经试想过查到自己被录取的消息后该有的激动反应都没有出现，而像是早就预料到事情的结果一样淡定自若。

说起大学生活，我想我最兴奋的事应该就是终于可以换室友了！

这么多年来，我的室友一直是那个我最“嫌弃”的家伙，我想睡觉时他打游戏或者跟我聊天，我想打游戏的时候他勒令我关灯或者换个房间。所以填志愿的时候我打死也不要和他一个专业，不然又得痛苦煎熬个四年。

虽然他每次都嘲笑我说那是因为我分数不够报考他的专业，但我总不忍心告诉他，我就是宁可少考几分也要躲开他的。

很巧的是，我和我的三个新室友都不是来自独生子女家庭，相似的家庭背景决定了我们“哥哥团”与子豪宿舍的各位室友相比更显成熟稳重，也都更懂得照顾彼此和互相理解。比起弟弟宿舍里的24小时欢乐气氛，我们宿舍可能略显沉默。我们不曾互相倾吐肉麻的感动温暖，却无言地陪伴彼此度过每一个不开心的日子。

每当我忙杂七杂八的工作忙到情绪失控，室友们不会给我讲笑话逗我开心，而是选择用我能心领神会的沉默来给我支持；每当我压力很大想诉苦的时候，他们不是跟我一起发泄不满，而是选择静静聆听。

我们四个总是一起上课，必须是连排坐；一起去食堂吃饭，点一个锅，五碗饭，有一个人总要多吃一碗；我们一起收拾寝室应付宿舍卫生检查，我总说我们宿舍是全楼空气最好的房间；我不在学校，他们就帮我跑去校门外拿快递，每次考试前，我们一起熬夜复习到很晚。

我们四个人还经常相约一起去看电影。但因为我有时候太忙了，只能看夜场电影。可他们不愿意落下我，不论多晚都要等我一起去看。尽管偶尔我会因为疲倦而在电影刚开始时就睡着了，但他们从来不因此而跟我生气。

散场时，四个人走在冬天凌晨两三点的夜里，空气是湿冷的，但心里面满是融融的暖意，驱散了寒冷。街上几乎空无一人，连出租车的影子都难以看到。打不到车，我们只能慢慢沿着街道走回学校。

就是在那样静谧的深夜，月光和星辰温柔照耀，昏黄的路灯将四个人的影子拉得好长好长。大家兴致勃勃地聊着刚才的电影或是别的小事，笑声不断。有一个时刻，我没说话，只是静静地听着他们热烈的讨论，内心温热而满足，好像就在此时拥有了整个世界。

无论你有多狼狈，多忙多累，总有人关心你疼爱你甚于自己。友谊是让悲伤因彼此分担而稀释，让快乐有彼此共享而丰盛。

友谊就是，无论你做什么，他们都在。

无论走到哪里，只要你肯寻找，总有人陪你，一路走来。

我想我找到了，你呢?

谢谢你曾惊艳了我的时光

朋友说，每个人在成长的过程中都要经历不同的人生阶段，很幸运，他曾见证你的人生并陪你走过这段日子。

第一次看到关于我们的新闻报道，是在我们俩高中毕业后出发去云南旅行的第一天。刚到达云南就收到妈妈发来的搜狐首页的网址，问了才知道，搜狐的首页报道了我们作为双胞胎一起考上北大的新闻。

我这才想起来，出发前两天有一位天津的报社记者电话采访过我们和妈妈。但是我们俩都没太在意这件事。没想到这之后的云南旅行中，开始有很多家报纸打来电话采访，渐渐地在新浪首页、QQ新闻首页、飞信首页等都出现了关于我们的新闻。

与此同时，也不断有朋友发短信来说在某某报纸或者网站上看见我们俩了。一起旅行的哥们儿甚至在云南当地的报纸上看到了我们的新闻，我半信半疑地拿来报纸，一看还真的是。

或许是因为双胞胎一起读北大的确有些引人注目，大一开学后，我们俩很快就在学校里交到了很多知心朋友，也同时得到了很多师兄师姐的支持和帮助，获得了很多锻炼的机会。我更是有幸能参与开学典礼主持、元旦晚会主持和新生会演等等。

新生活伊始，我忙得焦头烂额。就在这时候，一个陌生的电话打了过来——“您好，我是《鲁豫有约》的编导……”

不仅我自己不敢相信我们可以上《鲁豫有约》这档节目，就连妈妈听说后的第一反应也是“别开玩笑了，就咱儿子还上电视？准又逗我呢……”很快，就像做梦一样，我们俩最终走进了演播室，成为《鲁豫有约》的节目嘉宾。

我至今仍记得，录制当天，进棚时间约在了下午。早上才刚起，我就被子豪拉去散步。他说他特别紧张，想和我谈谈心。可能是之前在校电视台做过主播的原因，虽然是第一次上电视节目，我却没有丝毫紧张，于是我就开始开导他。

走在路上，我听他说出那些憋了一晚上的话，让他使劲发泄压力。他设想了各种可能的、不可能的情节和意外，然后越说越紧张、越激动、越离谱，而我还不能打断他，就这样我左耳进右耳出地听他唠叨了一个多小时，然后绕回了宿舍楼下，告诉他没事："记住了，你叫不紧张。"

等到下午集合去台里的时候，他见了我又开始唠叨。虽然我一直在努力让他放轻松，可他还是没法停止焦虑。临上场的时候，他还在我耳边一直说："一会儿就该咱了，我好紧张。"

这让我也紧张起来。因为平时我就不如他能说会道，所以我和他约定好："一人回答鲁豫姐一个问题，我先开始，轮流回答，不要抢。然后冷场的时候对方去救场，放轻松，没问题。"

可上场后，等到鲁豫姐的第一个问题问出来，我刚要回答，他就抢答了。我心想，算了，第一个问题就让他答吧，第二个我再来。可等到第二个，我刚张嘴说了半个字，他就又抢着回答了，完全没有按事先的套路出牌。

等到第三个、第四个问题，他依然没给我一点空隙插话进去。我们坐得很近，我能很清楚地看见他满脸通红，额头青筋凸起，渗出了很多细密的汗。当时我特别想用脚踢他，一直在想他怎么可以这样，不给我一点说话的机会，哪怕是停顿一秒让我插半句也好。

我一个人傻坐在那儿近20分钟，实在太过尴尬。说不上话尴尬至极的我只能在旁边傻笑，给他使眼神他也看不懂，急得我也直冒冷汗。等到慢慢进入状态，他说话的语速开始慢下来了，我才有机会说第一句话。当时我的感觉就是，这家伙是个“坑哥货”。

录完节目下场，去现场看节目的同学都对他说：“刚开始你俩一个脸通红，一个脸惨白，估计你哥是被你给气得。”听完他自己都笑了，摸摸后脑勺，这才反应过来自己刚才的失态。

《鲁豫有约》的播出让很多人认识了我们，我们也因此在网络上拥有了一群年轻有梦、善良积极的粉丝。

说起这些粉丝，就不得不说我与他们特别的缘分。不像一般的偶像和粉丝，我们的关系更像是朋友，我能清楚地记得他们大多数人的名字，常常会在微博上跟他们互动，能记得他们和我说过的话。我记得有一次我在微博里说自己因为熬夜辛苦而口腔溃疡，很快就收到了一个小药盒，还有一封很青涩的信。

微博上常常有粉丝朋友给我留言、发私信，跟我说说心里话。因为精力有限，实在不能一一回复，所以我选择了一视同仁地都不回复。有一天，我跟子豪谈起有一个网友为了引起我的注意，故意撒了谎，后来在微博上给我发私信道歉，并表示愧疚和不安。我说：“这些小朋友太可爱了，我都没有放在心上，也没那么容易生气，他们都好敏感。”

子豪问：“那你打算怎么回复？”

我说：“不回复啊，我一般只回复评论，不回复私信，一视同仁就都不回了。”

“不行，你必须回，真的，你听我的，这条你必须回。”他一下子急了，“你不知道你的一个小小的举动可能改变他的一生。我之前也遇到过类似的事情，我给那个女生写了很多温暖的话，后来那个女生说，二哥你不知道你的这些话对我来说有多大的作用。你必须回，你要给她希望和阳光。”听完这段话，我突然觉得我的弟弟除了犯二，还有成熟善良的一面。

网上那些素未谋面的朋友总说我亲切，因为我常常和他们在网上互动，面对那些向我提出学习或者其他方面问题的小孩，我更愿意像一个师兄一样，给出解答。我就是那个傻到躺在床上翻几千条评论回几百条一直到夜里1点多手酸得拿不动手机为止的家伙。

谁换了头像，谁这次考试有了进步，我都一一记得。有时候收到他们从天南海北寄来的小礼物，装在我的心里满满的，都是感动。而我最开心的就是，看到那些高中的孩子因为我的一句鼓励或一个回应更努力学习获得进步，我真心为他们感到骄傲。

记得一个女孩给我发私信，说她以前很甘于现状，从没有想过要进步或者改变。听说了我和子豪的故事之后，她改变了自己以前消极的心态，从年级400多名进步到200多名，直到现在的班级前十名。我不知道她为这些进步暗自吃了多少苦，但我感谢她与我分享她的故事。我在鼓励她，她也在鼓励着我，鼓励着所有人。

这样的温暖多好。

第一次离开那个傻小子

每一次告别的时候的拥抱，都要用力一点，因为不知道哪一次，就是最后一次。

到了大一的下半年，仍有不少节目邀请我们参与。记得有一次，我们去录江苏卫视的一档节目，登机前子豪就美美地睡了一觉，等到了飞机上，轮到我困乏不堪，很快就睡着了。可是刚睡完的他精神抖擞，我还没睡一小会儿，他就推醒我要找我聊天。

我敷衍一句，扭头继续睡，刚睡着他又叫我，我稍有耐心地问他到底要干吗，他端着纸杯让我喝水，我没理会他继续睡。飞行全程他一会儿叫醒我让我吃东西，一会儿又让我看奇形怪状的云，害我一共睡了不到20分钟。

在返程夜机上，他开始睡觉，我就想趁机“报复”他一下 ，才刚推他一把，他转过头就急了，瞪着我：“我告诉你别叫我了，困着呢，再叫别怪我和你急啊。”当时我真是怒火在内心翻江倒海直想奔涌而出啊，可想起从小就被爸妈灌输的无论如何都要百分之百让着弟弟的教诲，我又老老实实安安静静地转过身了。

我也想过如果哪天能不带着这个淘气鬼录节目，我肯定会轻松一些。有一次参与的节目，刚好是我和子豪分两期来录。这是一档我们不算了解的节目，节目形态也不熟悉，当时我们俩心里都没底。可每次都是这样，在我想说出退缩的前一刻，总有一个人抢先说出来：“哥，你先上吧。”

我先上吧。从小到大，无论是什么样的战场，我都毫无例外地冲在他的前面。

为了不耽误课程，我选择了最晚的一班飞机。到酒店时已经凌晨两点多了，洗了澡躺在床上，那是一间没有窗户的房间，有些压抑。说实话当时我真有临阵脱逃的念头，一个人在房间里，看不到外面的世界，心里话也没法向任何人诉说。

我忽然想念起那个总在我身边的人了。如果有他在，我现在一定不会觉得这样孤单，因为他总能在任何地方任何时刻把我逗乐，让我又笑又气。想了想，又庆幸先来的是自己，不然换成那个从来没单独离家过的傻小子，这会儿还不知道得多害怕多忐忑多想回家呢。

我舍不得他吃这个苦受这份罪，更不想在半夜接到他的抱怨电话吵得我自己不得安宁，还要隔空安抚他这个不懂事的二少爷。

我印象最深的是我们受邀去录《一站到底》节目的那一次。当时我录完节目下来，编导一边跟着我出舞台，一边对我说表现挺好，就是话说得少了点。

我下场和子豪下场距离三个人的时间，当时我就一个人抱着衣服在场边等他。虽然表面上我故作镇定，但其实心里一直在揣测自己的临场表现让节目组失望了，心里很是自责和悔恨。

忐忑之中，轮到子豪上场了。在调试灯光和补妆的过程中，只听见主持人随便说了一句要不要他哥哥上台观战，然后给几个镜头。我听到这句话的时候抵触极了，自己刚刚被淘汰下来，心里正不是滋味，还没调整过来，就又要上台观战？

我一直推诿着说不去不去，可还没反应过来，就被几个工作人员推到了场上。我站在舞台的不远处，灯光有些刺眼，我的表情有些尴尬，笑容也有些僵硬。

很快答题结束，子豪也被淘汰了，当时我的第一反应就是站在出口处等着他，先和他说“你表现得很棒”，然后等着他对我说一句：“没事，你表现得也挺好的，别难过。”

等了一会儿，子豪就出来了。我还没来得及说话，他接过我手上的衣服，就甩下一句：“你刚才那是干吗呢？表现成那样，真服了你了。”然后自顾自地走了。

当时我一个人愣在后面，心沉沉的像跌进了一个不可丈量的深渊。

打着寒战等了半天就等到一句冷言冷语，一个失望而不耐烦的眼神，以及一个没有回望的背影。

这就是我的亲弟弟，气死人不偿命、说话不过脑子、雪上加霜背后一刀的“天赋”更是与生俱来。

这让我想起高考语文结束后，我跟他说了自己对于作文可能跑题的忧虑，换来的不是他的安慰，而是脱口而出的一句“你说你考试时候都想什么呢？”

没过一会儿他也觉察到自己说话有些过分，去机场的路上一直没话找话说，我戴上耳机没怎么理会他。到了机场，他又主动跑去买肯德基，端过来的时候满脸笑容地说：“哥，今儿吃的管够，你使劲吃，这顿我请！好好发泄一下，别生气了。”

结果我真的吃了四个汉堡之后就消气了。比起气他，我更气自己，因为我总拿这个家伙没辙，总是轻易地就被他用一点小恩小惠糊弄过去。

万幸的是，最后节目播出后，效果很好。就连我自己也没有想到，自己少言寡语的性格和略显沉闷的表现可以获得这么多好评。反而是小豪，节目播出当天愤怒了一晚，用他的话说，就是他辛辛苦苦用各种办法才让我们俩的微博粉丝数量接近，就因这一个节目一下子差距又被拉开到2000。

然后他就用尽各种办法耍赖，让我发微博替他拉粉丝，还一晚上都对着手机怒吼："妈，为什么电视里两人看上去差那么多啊，不是说是双胞胎吗！我为什么那么丑啊，妈？"

看他情绪波动得实在厉害，我一次次开导他："挺好看的，挺好看的，真的不丑。"

又沮丧又生气的他口不择言："你闭嘴，别站着说话不腰疼了，快去想怎么发微博！"

节目播出的第二天，我们和几个好朋友约在星巴克。我迟到了一会儿，等我进去找他们的时候，有几个路过的人都用打量的眼光看我。等我们坐定后，还有几个女生跑过来往我们这儿瞄一眼，然后捂着嘴笑着离开。等子豪来的时候，我起身去给他买咖啡，后来却发现自己被坐在角落里的人偷拍。可能是因为被我看见了，他朝我走来问我："可以拍一张照片吗？"我欣然接受。不一会儿又收到两个女生从微博上发来的私信，说在咖啡店看到我了。身边的朋友都调侃说我们成了大明星，有这么多粉丝，出门都能被认出来。我摆摆手说：“没有的事。”

是的，并没有。

即使我曾经面对亮得让人看不清楚前方的镁光灯，即使我的人生从考上北大的时候就变得不再那么普通，但我还是那个我。我很享受平常的大学生活，喜欢在每一个晨昏感受燕园的沉寂与喧闹，又或是在忙碌的社团工作结束后深夜回到寝室，劳累会有，困惑会有，但内心一直是满足和幸福。

我不是明星，也没有光环。哪怕我的人生因为这些奇遇多了浓墨重彩的一笔，哪怕我收获了潮水般的掌声，在有光的角落被更多人注视评论，我也依然深知，我仍是我，和我的傻弟弟一样，都是有时任性有时懂事的普通男孩。

在舞台暗下来的时刻，我希望照亮我们人生漫漫前路的，不是旁人复杂的眼光，而是我们兄弟俩从不愿放弃也不愿改变的赤子之心，坚持不迷失，也不彷徨。

其实我们都只是普通人，凭着一股不服输的劲儿为青春和梦想放手一搏，经历了沉沉浮浮，跌跌撞撞，走到今天。可能我和子豪多了几分运气，能够拥有上节目和写书的机会，用文字与同样平凡也渴望实现梦想的你们共勉。

但我想，只要是心中有梦且为之拼搏，不管在什么领域、什么时间，都会找到属于自己的那份精彩和耀眼的未来。

——其实真正鞭策我们的，从来都不是他人的优秀或成功，往往只是我们到底有多么想要成为那样一个自己。正是那份渴望，促使我们变得坚强和勇敢，朝着理想的彼岸，出发，坚持直到抵达。

珈琲 & 世界のビール
ロンガ

【弟弟篇】

第一次被哥哥比下去

小时候做的最幼稚的事就是问喜欢的女孩子：“我和我哥中你只能喜欢一个人，你选谁？”

“我有三道杠，我管着你呢！”

时至今日，我依然记得这句话，也依然记得当时他站在我面前，看着我久久不说话的模样。

他是看我开班会，看我办知识竞赛，配合我班长工作的一名小队长。

他也是，我的，哥哥。

我习惯了在竞选班长时得到的票数遥遥领先于他，习惯了在光荣榜上的成绩排名在他之前，习惯了总是比他多一个抽屉存放他没有的奖状和证书。

是的，我承认我习惯了，弟弟比哥哥要优秀的事实。

这些小小的骄傲一直维持到小学六年级，这期间我从未想过自己在哪方面会输给哥哥。所以这长久以来保持的优越感，让我在受挫后愈加逃避和自卑，亦成为年少记忆里难以抑制的疼痛。

“她不可能喜欢你。”

因为在仲夏的晌午，她只买了一杯路边摊的碎冰，送的是我；因为在闷热的夏季夜晚，她给了我一块擦汗的小毛巾，而哥哥没有；因为在毕业同学录里留给我的那页上，她画了很多颗心，红晃晃的，像极了烂漫的山楂花。

“你不要太自以为是了，真的。”哥哥说话时总有一副不屑一顾的样子，而这又恰恰是我最厌烦的那种自视清高的语气。

我清楚地记得我的回答：“我才没有自以为是！不，我就是自以为是了，怎么了？”

然后哥哥又是望我良久，并缄默。

“你等着。”

说着，我跑到那个女孩的座位旁，把她拉起来走到教室的讲台上，那个我和哥哥站着的位置。

我咽了咽口水，问她：“我和我哥中你只能喜欢一个人，你选谁？”

教室里很热，头顶的老式电风扇咯吱咯吱地转着，窗外吹进一阵风，她额前的几根头发被吹拂起来，在风中起伏着，美得有些不像话。树上有蝉，它们窃窃私语，嚷嚷着一个少年年少时所有的心事。

我面前的这个女孩，白色的校服上衣没有褶皱，深蓝色的校裙好像有着某种花香味。乌黑的大眼睛明晃晃的，好像要说什么。

“你等等，你想清楚了再说。”我没有不自信，我只是提醒她一下而已。真的，我，没有不自信。

窗外的蝉声突然停了，这让我一下子觉得教室里好安静。

“那我选……”

我闭上眼，在终于听到“哥哥”两个字后整个脑子嗡嗡地响起来。窗外的蝉声又此起彼伏了，好像都在嘲笑我的自以为是。

第一次，我发现蝉是这么惹人讨厌。

我不记得那天是怎么收场的了，是我硬撑着说“无所谓这没什么”，还是哥哥帮我打了圆场说“不可能，别当真”，抑或是我大喊着说“我讨厌你们”然后负气跑掉，我真的不记得了。那天晚上我一个人蒙在被子里掉眼泪，那好像是小学以来哭得最凶的一次。

我知道我并不喜欢那女孩，我难过的是我日日夜夜建立起来的自以为坚固的骄傲就那样在一瞬间分崩离析，我讨厌的是我不得不面对一个残酷并在后来的日子里被一再验证的事实——姑娘们总是喜欢哥哥多一些。

那是我第一次被哥哥比下去，虽然现在看来，这已经是每天都在发生的事了。

第一次 理解了哥哥

小时候不懂事，把哥哥的用心良苦都当作是多管闲事，但是渐渐长大后我发觉，很多事也要哥哥帮我完成。他总是要我学会低头，不过是希望我能走得更远，更稳。

“你们俩平常打架吗？”

“打啊。”

“那打得最厉害的一次是什么时候？”

“嗯，我不记得了。”

——我一直都没好意思说，我们打得最凶的一次，应该是高三的时候。

那也是我第一次，觉得自己这么这么讨厌那个跟我一起“出生入死”19年的孪生哥哥。

那时候我参加北大自主招生考试失败，整天颓丧不已，我不知道我的明天是什么颜色，未来有什么方向，我总觉得自己就是行尸走肉。我仿佛已经看见自己数年来的所有努力都在命运的安排下被打击得破碎不堪，化为泡影。

但其实那时的我也并没有完全放弃，每天我都带着必死又必胜的心态去学习，学习时间未减反增，学习热情空前高涨，学习强度也不断加深。

然而我的成绩就是毫无起色，一度徘徊在年级十名左右。

看我努力却不见好转，哥哥心急如焚，他不知所措，只能一遍又一遍地说我的态度如何不端正，说我的内心如何不强大，说我迷惘茫然，像是只无头苍蝇到处乱撞。

在又一次考试成绩公布后，哥哥终于点燃了我心中积郁很久的焦虑和烦躁——

他又一次提醒我，我的成绩如何烂，提醒我不该再这样盲目学习下去，提醒我一定要找对方法。

我的桀骜不驯和我小小的自尊心一下子爆发了。

“我哪里盲目了，我该怎么学就怎么学，我既没有堕落也没有放弃，我学到深夜的时候你看到了吗?

“你说我该改变，那你倒是告诉我该怎么改！离高考还有多少天你知道吗？你让我怎么改，改成什么样？

“你知道我现在需要的是什么吗？我现在不需要你一遍又一遍地告诉我我不行，告诉我我这样的成绩考不上北大了，我不需要！我考不考得上我自己心里比你清楚千万倍！我需要的是你的鼓励和安慰，是所谓的加油和呐喊！

“滚！”

我当然记得那时候气急了的我们都说了比这更难听的话，诸如“你不再是我哥”“咱俩恩断义绝了”“以后你的阳光灿烂和我的阴云雨天都不再相关，考上什么大学过上什么样的日子，都是我自己的事”等等。

我们租的房子不大，隔音效果极差，邻居听得一清二楚。那时候是初夏，窗外风轻云淡。对面楼里有老人在做饭，还有电视机里传来京剧的声音。

我们你一言我一语的对话吓坏了爷爷奶奶，他们劝架我们也不听，而是接着吵、接着打，奶奶躲到屋里哭，又生气又担心。爷爷充当和事佬，劝不动我们只能帮忙把我扔在地上的东西再捡起来。

后来不记得是谁拨通了爸妈的电话，他们从廊坊直接赶过来。妈妈很生气，来了以后把我们两人一顿骂，爸爸在阳台默默抽烟，一根又一根。

妈妈质问我们："都快高考的人了，哪里有时间打架？都退让一步不就没事了？没时间看电视，没时间上网，没时间打球运动，没时间回家看望家人，怎么还有时间打架？"

谁都没再说话。

我忘了我们是如何和好的了，又或者根本就顾不上和好这回事就继续埋头在试卷中了。

我们之间的这些争吵和打闹哥哥一定都记得，我总说他不让着我，他总说我不懂事。

我们就这样矛盾着，一路走来，20年了。

从小我就不爱听哥哥的话，无论他的想法是对或是错，我都不把他说的放在心里。小时候不懂事，把哥哥的用心良苦都当作是多管闲事，认为没有他我依然可以做得很好，但是渐渐长大后我发觉，很多事哥哥宁愿自己做不到，也要帮我完成。就好像他总是要我学会低头，不过是希望我能走得更远，也走得更稳。

我这个傻哥哥，如果能学着为我少担心一点，为他自己多考虑一些，也许我就不会那么"讨厌"他了。

一定要幸福，兔子姑娘

我不知道我和我的兔子姑娘们这样互相陪伴的岁月还会有多久，但有一天，我们就幸福一天。

其实我一直觉得自己很幸运，有很多人陪伴，很多人珍惜。这其中当然包括我的兔子姑娘们。兔子姑娘大都是通过我们俩录制的《鲁豫有约》《一站到底》等几档节目而喜欢上我们的。由于我在微博上喜欢发兔子的表情，因此我的这些所谓“粉丝”就有了自己可爱的名字——兔子姑娘。

我不知道我身上的哪一点吸引了她们，让她们甘愿因我的快乐而快乐，因我的悲伤而悲伤。很多时候她们带给我的，不只是单纯的感动。那种感觉难以形容。她们会在我不开心的时候给我发私信，给我讲笑话，逗我开心；还会在我开心的时候告诉我：加油，要一直这样开心下去。

记得有一次一个小姑娘到学校来找我，直接找到了学院的办公楼，虽然她也知道这样很不好，很不礼貌，但就是没忍住。我们约好了见面，见我第一眼，她竟然马上扭头大哭起来。豆大的眼泪一颗一颗地往下淌，她哭得厉害，眼泪完全止不住。

我怔住了，我不知道我还有这样的能力，让一个人一见我便哭得稀里哗啦。

她说："你能等我一会儿吗？"我答："当然。"

于是她又蹲在地上继续大哭，过了好一会儿才平复心情。她说感觉自己像在做梦，我给她买了一瓶柚子汁，又用我的白色电摩托载了她一段路，她抓着我的衣服说："有你们真好。"

我不知道我和我的兔子姑娘们这样互相陪伴的岁月还会有多久，但有一天，我们就幸福一天。

大部分的兔子姑娘，只是默默地把自己的生活、梦想和悄悄话一一讲给我听。她们说不需要我的回复，只要我抽空倾听即可。我记得她们向我说起自己的故事，说起自己的旅行日记，说起自己的闺密、前男友，甚至是那些所谓"宿敌"。我记得她们曾说过这一些——

“今天老师当着全班同学的面骂了我，我知道我成绩很差，知道我很让人看不起，但是从今天起，我要改变！要让别人看得起我，要先让自己看得起自己。二哥，等我美好起来，我一定告诉你。”

“你越来越沉默，我却变得越来越啰唆，公交车上想起你，听歌想起你，睡前想起你，醒来想起你，想你在干什么，想你心情好不好，喋喋不休地给你发文字。看不到，没回复，都没关系。记得我很想你就好。晚安。”

“最近都是1点左右准备睡觉，然后5点45分爬起来。我想，压力是走向成功的必经之路吧，有点压力，才能好好化其为动力。”

“从我出生到现在，我只崇拜过三个人：一个是我的爸爸，一名军人；一个是科比，我最爱的勇士；还有一个，便是你，没有原因。”

“我见过很多比你优秀的人，但是他们都有一个共同的缺点——他们不是你。”

还有更多。

我一直相信这个世界上有得必有失，在得到很多陌生朋友的陪伴时，我也慢慢发现，我的评论里渐渐少了身边同学和朋友的身影，他们有的觉得和评论里“我好喜欢你”之类的话放在一起，很尴尬，因此不愿意来参与这热热闹闹的讨论。

但我想，人不该只为自己活着，如果因为我的存在，或者我的微不足道的鼓励，能给其他人带来哪怕一点点的改变，也是极其美好的一件事。

因此我愿意，做一颗努力发亮永不熄灭的星，照亮你们前行的路。

我一直认为，人与人之间的缘分是最难能可贵的。我们因为一次偶然的际遇，开始相识、相知，并相伴，更愿意用一生的时间去追随，去守候。

其实，这一年和未来漫漫人生路上的相伴，我会记得。

真的，我都会一一记得。

第一次害怕失去你

火车晚点，也有开的一刻，一旦启程，我们都是在朝着自己的目标前进。

我时常做一些光怪陆离的梦，醒来之后就告诉哥哥，我猜大多数他早已忘掉，然而有一个他一定记得。

我记得是高中某个放假的清晨，我被噩梦惊醒。我给哥哥看泪湿的枕头，告诉他这是我此生再没有的感动和恐惧了。

梦大概是这样的。

某个下午，接近黄昏，外面风很大，我和哥哥推车走。一路上阳光刺进眼里，亮得让人睁不开。我们像往常一样走回家，每次爸妈下班晚，都是要我们先到家的。

这个梦发生的背景是我们初一初二的时候，那时我们家住在六楼顶楼。依旧是我在前，哥哥在后，我俩一人接一句地叫嚷着累死了。

爬到五楼的时候，我抬头往上一看，家里的大门露着个缝。

缝不大不小。

我第一反应就是——贼！

哥哥说可能是爸妈早上走的时候没有锁门，于是执意要去看一看。我们都蹑手蹑脚、小心翼翼地靠近家门。就在快到家门的一刻，里面突然冲出来一个人。长什么样我不记得了，或许根本就没有时间去记他长什么样。

“快跑啊哥！”

我嚷得很大声，然后便奋力往楼下跑。

我记得平日里我和哥哥总是爱在楼道里追着跑，哥哥让我三秒，我先下楼，然后他就在我身后追。我是一步一步地下，他是两个台阶两个台阶地下，我的频率快，他的速度快，所以每次都是他在半路就抓住了我。

我第一次遇到贼，吓得魂飞魄散，只能下意识地只顾自己往下跑。在梦里我觉得自己跑了很久。又像是跑过了森林，跑过了海洋，跑过了遥远的世纪和银河。我感觉不到哥哥是否在我身后追随。

后来我记得我拧开了楼下单元门的锁，然后几乎是一下子跃出来的，门砰地关上了。

我回头，发现哥哥没有跟着出来。

是的，只有我一个人跑出来了，门被关上了。我开始害怕，我后悔当时为什么没看看哥哥在哪里，为什么没给他打开门让他快跑出来，为什么只顾着自己跑而没想和他一起对付坏人。我对自己说，如果哥哥已经跑到了一楼但因为要花时间开门而被坏人抓住，那我一定后悔到死。

可是这些都是假想。

真实的是，哥哥真的再没出来过。

我无法形容那种感觉。我一个人站在小区里，单元的大门就在我面前紧闭着，身边有凄冷的风，刮掉树上的黄叶。黄叶纷纷扬扬，飘落在地，随着另一阵风，又跑到另一个世界去了。我孤立无援，无助又无奈，转身跑到小区门口的便利店打电话，哭着让爸妈快回来，放肆地大声哭吼。

再回到单元门的时候，哥哥一个人已经躺在地上了。地上一片鲜红，他像极了一片安静的红枫叶，就那样安详地一动不动。红色蔓延开来，一点一点把我的心掏空。我跑过去，飙着泪，跪在他面前叫他——哥，哥……

“哥，你不是总说我不在外人面前叫你哥很没有礼貌吗？为什么这次我叫了你，你却不回答我，为什么？

“哥，我错了我不对，不过你别用这种方式惩罚我好不好，我以后都听你的话都按你说的办好不好？

“哥。

“哥！”

记忆里他慢慢睁开了眼，用力还我一个微笑，对我说：“下次哥三阶三阶地下，就快了。”

原来哥哥是因为知道我总是一阶又一阶地下楼，很慢，肯定跑不掉，所以才在四楼的时候突然转身回去阻止坏人，为我多争取一点逃脱的时间和机会，给我生路和未来。

好在这只是梦。

不过这些年来，我养成了三阶三阶地下楼梯的习惯，一直没改。妈妈总说我，这样多难看，像神经了似的，我笑着回复她——你不懂，这样安全。

我想，就当作是个好习惯或者坏毛病吧，无所谓。

等到有一天，我老到不能再这样做的时候，再改吧。

みんな大好き
タヌキのキツネ
ふにっとマスコット
トりピカルズ
コイン投入口
北斎漫画
300円

Part 5

愿我的世界总有你二分之一

【哥哥篇】

你是另一个我，我是另一个你

我承认，那些一个人黯然神伤的时光确实挺可爱的，可我一点也不想回去了。

作为双胞胎，我最怕的永远不是被认错，也不是有人和我分享父母的关爱，更不是从小就有一个跟屁虫缠着我，而是——被比较。

被所有认识的不认识的人，有意无意地，做着哥哥弟弟之间的比较。

可我们就是这样每日都被比较着。

的确，你从小就比我优秀太多太多——

我仅仅做了半个学年的班长，就被你竞选替换下来，后面几年的时间里，我只是小队长，而你一直连任着班长。你很入戏，每天回到家还总炫耀你是班长这件事，有时候要我帮爸妈做家务，你就会说：“我是班长，命令你马上去干活。”

你画画比我好很多，你就任命自己为我的指导老师，有事没事都要点评两句我的作品，而每次家里来了客人，你也总是很骄傲地给他们展示你的画；你写的字也很漂亮，我记得小时候我经常因为字迹潦草被老师撕作业、叫家长，而你的作业，总是被贴在班级墙上展示。

而在学习方面，我就更不如你了，领奖台上站着的始终是你，而台下收到很多好奇目光的，始终是我。当然，也总会有好事者指着台上的你对着我说：“看，你弟弟！”好像我认不出来似的。

每每这时，我都会做出一副恍然大悟的样子点点头，等他们笑着转过身去，再苦笑一下，然后继续安静地站着。诸如此类，从小到大，我一直在经历着，也承受着，耳边好像也习惯了一种声音——哥哥不如弟弟。

说实话，从小我就不喜欢和你做比较，我宁愿承认我不如你的事实，也不愿看着旁人像分析案例一样，找出证据，头头是道地指出孰优孰劣，以见分晓。我清晰地记得我曾经无数次因为被拿来和你做比较而和老师顶撞、跟同学打架、与父母争吵，每次我都说我不是怕和你比，而是不想比。

只有我知道，那些看似头头是道的说辞都只不过是在掩盖一个不争的事实——

我害怕跟你比较。

更害怕自己不如你。

或许是从小到大你一直都太优秀，而我也一直和你有着一段不大不小的差距，再加上你生来自恋，所以你从小就一副自以为是的样子，什么时候都喜欢装作大人的样子对我说教。在别人眼中，弟弟应该是很听大哥话的，而大哥也应该是很有权威的。但遗憾的是，这个规矩在我们家行不通。

你从小就习惯了指挥我，你总是习惯性地要求我去帮你做事情，几乎每次吃完饭，你都会半躺在沙发上玩手机或者看电视，而我则要收盘子收碗。有一次我正扫着地，挡了你的视线，你就皱着眉头特别大爷地说：“别在那儿挡着，去把凳子也搬了。”当时气得我差点把垃圾都倒在你头上。

我们也有起争执的时候，每当我们意见不一致，你都不愿意退步。无论是有利举证还是强词夺理，你总有各种各样的理由。平心而论，哥这些年对你说得最多的一句就是“你随便吧”。是啊，你从小就比我优秀，我的意见大多被你反驳，很少被接纳，每每负气，我都会说你随便吧。

知道吗？“你随便吧”，这四个字不仅有我的妥协和无奈，更有我作为兄长的宽容和溺爱。我了解你强烈的优越感和自信心，那是我不忍心去撼动和改变的东西，因此我习惯了一切由你，哪怕有时候我能肯定你的选择是错误的。

记得初中的时候，有一次你问："为什么你会来到我身边？"我自嘲地说："或许是上辈子我太优秀了！你不如我，一直生活在我的光环之下。我欠你的太多，所以这辈子要来你身边衬托着你喽。"我的口气是那么漫不经心，一副满不在乎的模样。

你听到之后没有丝毫当真地笑了，笑过之后淡淡地说了一句："哥，你世界的中心一定要是你自己。"

可能你永远不知道，你脱口而出的一句话，竟让我在心底深深地记了这么多年。

是啊，这么多年来，我一直习惯了把你当作世界的中心，你的优秀、你的光环，好像一直在笼罩着我，你想做什么我都会参与，因为我要倾尽全力地帮你，你做错事我也会替你辩解甚至主动承担责罚。

很多人羡慕双胞胎无论何时都有彼此最不离不弃的陪伴，从来不会孤单。但即使是亲兄弟，我们也有各自不同的处世原则与生活方式，也曾经努力想让自己活得与对方不像是打一个娘胎里出来的。

因此，进入青春期的时候，为了证明我们对彼此的嫌弃，我们做尽了幼稚的事。

比如你曾给我写过一封信，开头的称谓是“胖子丑八怪”，虽然那时候你只比我轻几斤，分明也是胖子丑八怪一个。信的大致内容是，要我以后别总和你一起出现在学校里，你觉得我很丑，我总跟着你，你觉得很烦。

看完信之后，我假哭一场说要绝交，你吓得几乎跪地求饶。我忍不住笑出来之后被你打了一顿，然后一切又恢复到过往的样子，我们还是一起上学一起下学的胖兄弟二人组。

又比如小时候你经常会说：“哥，如果以后咱们长大了，我很有出息，你没啥本事，你会管我要钱吗？说好了啊，我可以给你买点吃的喝的，不过我的钱还是自己存着。”那时还小，我一心想的只是，皮又在痒了吧，让哥哥我先揍你一顿再说。

不知不觉地就写到了最后一章这一封长信，此刻的你正为家务活的分配而和妈嘴皮伶俐地讨价还价。

从小我就没有你能说会道，每次家里来了客人，我都只会傻站在一旁，而你总是热情地和他们聊天，落落大方。

我还记得小时候过年，每当给长辈敬酒的时候，我总是憋半天才想出一句新年快乐，脸涨得通红，而你，却总能根据每个人的身份特征而说出不同的祝福。看着大家都围着你夸你聪明懂事，我就变得更紧张和自卑，只能偷偷地看着爸妈笑开花的脸，然后很用心地记下你说的那些吉祥话。

而每次我们俩吵架，我总是坚持不了多久就败下阵来，好在从小我就比你高比你壮，因此说不过你的时候我就打，想着不过就两个结果，要么是出了口气把你教训一顿，要么是出师不利再被你教训一顿，拼了再说。

我记得小时候我有口吃，有一次我们意见有分歧，争执之中你学我结结巴巴地说话："我，我，我，我说不过你。"

然后就是一阵嘲讽和嬉笑，我扑上去和你大打一架，但你知道我从来不舍得和你动真格，反而是你下手没有轻重，所以最后我的脸上留下了两道疤——一直到现在还可以清晰地看见，那两道对称的，后来被你称为岁月留下的"痕迹"。

当时你怕极了，看到我的脸流了血，一边求我别告诉爸妈，一边用小胖手捧着我的脸给我吹伤口。爸妈最后自然知道了，追问起来，我们偷偷改了故事的脚本，将剧情变成我先招惹你然后被你挠破脸。虽然爸妈还是特别严厉地训斥了你，可最后最惨的人还是我，因为你被训哭之后我还去哄你，给你道歉。

时间一晃过去好多年，我们都在成长的路上一步一个脚印地向前走。或许是因为从小到大全家人都宠着你的缘故，你一直把自己当小孩子，说你幼稚也好，小孩儿脾气也罢，直到现在你还总有一种没长大的感觉。你经常说："有我哥替我打理一切，什么都不叫问题。"

的确，很多事情都是由我来替你安排和处理，替你事先做好打算，或替你收拾烂摊子。有时候我也觉得很累，明明才相差20分钟，却好像比你早出生很久似的，要尽那么多我口中的责任，你眼中的义务。

做大哥这么多年，我也慢慢习惯了替你去操心很多事情，为你挡很多风雨。我记得报考英语四级考试的时候，因为知道你有严重的拖延症，在报名开始的第一天我就催你去报名，等到第二天，你还是说一会儿就去报名，不让我烦你。

第二天直到中午你还是没有动静，我让你下楼把学生证给我，我替你照相报名，你还是说不用，还向我保证你不会忘。就这样催了你一天，直到下午6点刚过，你打来电话告诉我："哥，我去报名了，可是好像结束了。"

再比如写这本新书，所有的事你都一概交给我。有时候你一边跷着二郎腿吃着冷饮，一边用不屑的口吻对我说："不着急，你要着急你自己去办，少来烦我。"我多说你两句惹得你负气而走的下场就是一切事情就真的由我全部包办，真是搬起石头砸自己的脚。

有时候我也会想，如果有一天你不再需要我替你考虑四级报名、党课申请、论文提交和话费缴纳这些事，到底是你先不习惯，还是我先不适应。

我们就以这样的组合搭配了这么多年，最后好像也误打误撞修成了最有默契的兄弟。

在这过程之中，我学着更沉稳细致，你也开始聆听和赞同我的想法和建议。是啊，这种改变就在每日的朝夕更迭中发生着，也说不上来是从哪一个特定的事件开始，我们就养成了这种默契。

谢谢你，20年来总用你实力偶像派的演技，以一个我最嫌弃又最珍惜的姿态出现在我生命里。

人生路，那么长，只有你是最完美的给予。

P

海南鶏飯
テイクアウト
テークアウト
只今は店内で
承っております

【弟弟篇】

写给你的世纪遥远长信

那些青春里所有遥远的梦想啊，有一天一定要实现。

你总告诉我，做事前要打草稿，我点头说对，所以妈妈先把你生了出来。

你说你比我大所以你是太子，我说照这个逻辑你只能叫大子。

你说我没钱花了只要跟你说一声就好，刚听到这的我立即说：“一声。”你听后满脸都是无奈。

你一定不喜欢我这样的弟弟。

我犯了错误需要你上前替我顶罪，被批挨打从来与我无缘；无论是食物还是玩具，只要不是偶数，那么剩下的那一份肯定属于我；外人面前我管你叫“哥”，在家里就对你大吼大叫没有礼貌；你动手打我我就喊爸妈，躲在他们身后看你被训斥却哧哧偷笑；我吃不完的剩饭给你，文具丢了就拿你的用；打针输液永远要你冲在我前面；零花钱不够了就找你借，但我们都心知肚明，我俩之间所谓的“借”永远都是有去无回。

你说我是你上辈子的债主，你欠下了还不清的债，所以这辈子来到我身边赎罪。可是我并没有觉得我欺负了你或者对你如何不好，我只是觉得，既然我是弟弟，就该这样。

所以我说如果有一个苹果，理应给我吃；如果有两个，理应给我吃一个，再给我留一个；除非有第三个，你才能勉强得到一个。你说我无理，我说：“如果咱俩之间的分配都是一比一的公平，那么哥哥和弟弟还有什么差别吗？”

妈妈说你我有莫大的缘分才能在家族没有双胞胎历史的情况下结为兄弟，我偏说这是我倒霉遇到了你。于是从小我就和你说，你必须为你在我世界里的出现付出代价，诸如听我牢骚，给我保护，替我受罪。你说这些无理的要求你一一答应，只因为你比我早出生仅仅20分钟。

是啊，仅仅20分钟，就是天和地的差别。

可是你一定没有真正地埋怨过我，关于这点我确信无疑。

然而岁月慢慢变老，你我渐渐长大，距离却从未产生。对此你一定懊恼极了吧？可是我就是要一次次地告诉你：“哥，我还是缠着你的那个小鬼，可能这一辈子你都甩不开我了。”

只是，我开始慢慢学会珍惜。听到别人说你不好我会气愤无比，不顾后果地为你撑腰甚至不惜与他人争执；看你劳累的时候会为你心疼，大半夜给你发信息问要不要给你送点吃的；你一个人去录节目半夜要赶去机场，我特想陪你去你却一个人偷偷走掉；知道你出门在外，就一定要等你安全抵达酒店发来信息我才肯安心睡去……

我觉得你一定是这个世界上最幸福的哥哥了，而且肯定有很多人愿意有我这么个可爱懂事的好弟弟。

嘿嘿，你说对吧？

还记得很小的时候，你陪我一起发胖，在两碗米饭和炸鸡炖肉的供养下我们都是小胖子，我穿衣服难看，你也难看，我被人喊小胖子，你也被这么喊。我们还有很多相同点，比如跑几步就会累得气喘吁吁，比如讨厌体育课和炎热的夏天，比如抵触体检时被念出来的体重数据。

后来上了高中，我们又一起慢慢变瘦。共同经历了第一次异地求学，第一次住校，第一次背井离乡。吃不好，睡不好，学习累，任务多，缺少照料。那时的我还常常想，在我们年少青春的日子里，能有人和我一起处处面临相同的窘境和遭遇，是多么幸福。

不知道是不是双胞胎的心灵感应作祟，从小咱们俩的学习就是一个节奏。小学一年级，你我一起不学习，被老师赶到学前班去做游戏，再返回一年级的时候别人已经学习了很多汉语拼音了。咱俩商量着被赶回学前班这件事无论如何也不能让爸妈知道，所以咱俩每天回家都假装写作业，就这样提心吊胆了很久，幸好一直没有被发现。

后来，你我又一起用功，我们的成绩从倒数变成中等，又从中等慢慢爬到上游，直到登顶第一和第二。

高中的时候我们也是这样，起初成绩都排在年级百名左右，然后一起不服气，跑图书馆，起早，熬夜，体育活动课跑到安静的角落大声背书，节假日不休息，总跑到没人的学校操场读书。一点一点，我们的成绩经历年级排名百名、半百，直达年级前十，再后来，一度霸占年级一二名。

我还记得高三时你被评为“市级优秀班干部”而获得了高考20分的加分，坦白说那时候我心里真的有点不是滋味，我对自己说得最多的一句话便是——努力，追上他。我真的不敢想如果我们不在一个大学了会怎么样。你会有你的平台和资源，有你的朋友圈和未来，我呢？也许只能守着自己干瘪破碎的梦想，在背后落寞地望着你。

所以在那一段高三的日子里，我只能拼命。我用学习的时间学习，用休息的时间学习，用所有只要我睁着眼的时间学习。我不甘落后，尤其是不甘落后于你。你成了激励我的最大因素，无论你是成，或是败，我都不愿意和你分开。

虽然高三一年我经历了人生迄今最大的低谷，也曾一度觉得自己无力追赶上你的脚步，无法和你一起圆梦北大。所幸最终的高考结果没有让我这几年的努力白费，它给了我一份满意的答复。我始终觉得这其中有你的帮助，在我最黑暗无助的时刻你给我安慰和鼓励，在我最得意扬扬的时刻你给我警醒和提示，在我觉得煎熬难耐痛苦不堪的时刻你给我走下去最大的理由——因为你还在我前面。

所以我永远无法忘记那些日子，放学回家的路上，你对我的疏导和鼓励，你让茫然的我，感到前方似乎还有那么一点点光亮。你让绝望的我，相信有哥哥在前方带路，我也一定能够抵达梦想。

幸好，你我又一次踏上相同的旅途，去欣赏人生下一程的风景。

其实我一直认为，每个人的生命中都会出现另外一个人，他对你百分百地好，疼爱你，呵护你。这个人可能是亲人，可能是爱人，甚至可能是你的亲密朋友。只要你们对彼此够真诚，够用心，这种感情就不难拥有。你会在职场迷惘时想听他的意见，会在爱情失意时找他陪你买醉，会在发工资时犒劳他一顿大餐，也会在落魄潦倒时毫不羞涩地向他伸手。

我也总这样认为，这世上最难做到的便是心无挂碍，也正因了这份挂念，你会担心他的安危，他的处境，他的种种。慢慢地，这种内化的挂念共通相融，在庞大汹涌的人群里为你们构建起无形的连线，你只须闭着眼，顺从内心，就不难发现这世界的彼端，也有一个同样的人正朝你走来，他口中有诗，心吐莲花，默念着缘分里你的名字。

你一定要相信，且期待，此生一定有这样一个人，如同你的守护神。

你很自以为是，总用你不大的权力压制我。

你不许我顶撞你，无论因为什么。这点你一定是和爸妈串通好的，所以每次你这么说爸妈都会点头表示赞同。

小时候我们一起参加课外的绘画比赛，获胜的前五名有一块美味的蛋糕作为奖励，我一向画画很好，大大小小得过不少奖项。但那天宣布的前五名有你，没有我。我一个人坐在画室的最后一排抹眼泪，不甘心又不服输。我怎么可能输？

你上前领了小蛋糕，就悄悄地跑到画室最后一排，把蛋糕递到我面前，小声说：“弟，你吃。”

我说我不吃。

你又来了，你从小就是这个毛病，对别人好就要求别人一定要接受。

“弟，你吃。”

我没理你。

“你吃！”你很大声地喊出来，几乎愤怒地盯着我看。

那是我们八九岁时，当时我觉得整个世界都在看着我，我可怜的自尊心一下子发酵了。我站起来将你给我的蛋糕扔到地上，背起画板飞快地跑出画室。

时至今日，我还记得你当时喊“你吃”的时候，你破的音，皱的眉，气得通红的脸，现在想来多有趣。

你是一个倔强的人。

小时候咱俩淘气，打碎了家里的花瓶，那只花瓶是爸妈某年的结婚纪念日礼物。打碎后咱俩都不承认，气得妈妈要动手打我们，我往妈妈怀里扑，撒娇着说：“妈妈妈妈，以后我再也不敢了，再也不这样了。”妈妈要生气，我就亲她的脸颊，一句接一句地哄她。

而你，就站在她面前，瞪大了眼睛直直地看着她，一句好听话都不会说。妈妈让你承认错误，你死活就是不说话。我急得在一旁一边替你求情，一边扯你的衣角，让你快服软。然而你就是不肯。

所以每次闯祸挨打都是你挨了两份，把妈妈打我的那份又加在了自己身上。我说这是你活该，本来你可以免去这两份打的，但是你偏要强，偏不服软。

你从不轻易屈服，也从不占别人便宜，做手术一个人不哭不闹，外出旅行独立自主。

这就是你，一个倔强又坚强的孩子。

其实高中时候的你也是这样。别人说你不行，你就偏要创造点奇迹出来。连续几次大考我不是第一名就是第二名，而你却总在一二十名间浮动。你用所有的勇气和信念，沉淀下来，慢慢追赶。就在旁人都觉得你不行了，成绩上不来了的时候，你以一个最漂亮的飞跃赢得所有人的再次瞩目。

高考时语文作文偏题，你只是狠狠地骂了自己一句，便又继续沉下心，低下头，专注准备其余三场考试，终于凭借剩下几科超常发挥考上了北大。

有时候我羡慕你的倔强，我相信这种品格会让一个人异常强大，无论前方有多少艰难险阻都能安然度过。

所以同行十几年，我从你身上渐渐学到很多书本和课外都学不到的东西，正如你一直以来用你的行动告诉我的——只要坚强，便无人可挡。

你有着和我相像的眼神、声音，甚至还有心跳。

你喜欢用勺，爱穿整洁的白色衬衣，惯用左手拿杯子喝热咖啡，看书时总是习惯性地皱眉。你不喜欢女生哭，反感别人欺骗你，你说你不欣赏我一贯做作矫情的文字，却比谁都容易被它们打动。

是的，我熟稔你的这些和那些。

甚至有时候，我比你还了解你自己。

你信吗?

哥，其实我也问过自己好多次，你为什么要来到我身边。如果没有你，我可以多一倍的衣服和鞋子，言语、想法、行为都少受一份束缚，还可以享受独生子与爸妈的三人世界。

可是——

如果没有你，我还会是我吗？

你是一个没什么幽默感的人，总是那样淡定和沉稳，这点与我很不同。你做起事来很认真，总是一丝不苟，你会掌控大局，有条不紊，注重对细节的掌握。你有对未来和梦想极深的渴望，比如出书这件事，几乎全是你带着我，萌生念头、写提纲和自我介绍、投稿，你一一解决。

这么多年过去了，你还是那个样子，除了个头长高了，身体瘦下来了，没什么大不同。你依然爱吃麻辣口味的东西，喜欢戴着耳机闭眼听歌，不爱喝碳酸饮料，疲倦的时候要吃甜点，不开心了也不发牢骚，有乐事第一时间与我分享。你还是那样好强，什么事情都要尽量做到最好，你有自己的原则，谁也不能挑战或打破，仍旧很喜欢综艺节目，爱看小清新的电影。

依然没变的，就是你总是爱我比爱自己更多。

你对我来说，是黑夜里的灯火，是白昼时的风，是我所有坚持不下去时努力坚强的理由，是耀眼的太阳，是山岚，是我寂寞之时却未曾感到孤独的陪伴。你用最强大的微笑、眼神，当然还有心跳，告诉我——天下很大，要心有向往。

多奇怪，从小就有一个和我长得一模一样的人，在我身边，和我抢同一碗饭，和我睡同一间屋，和我上同一节课。我走向回家的路，你也一样，我背好书包，你也整装待发。我所有的秘密，都毫无保留地向你诉说，你都耐心耐烦地一一听完。听罢你总是劝我几句，或者做缄默状，用无言给我力量。

哥，你知道吗，其实那些你为我做的，我都一一牢记着，它们像极了渺小的石砾，在我的生命里一直以最静止的姿态存放着，贵如珍珠。

小学三年级，我踢皮球打碎了学校教室的玻璃窗，后来教导主任知道了，严厉地批评了我，而且要我赔安装玻璃的钱。我心急如焚，怕妈妈生气，更怕妈妈教训我。回家的路上，我都在和你商量怎么办，你给我出了很多主意，也在不断安慰我，最后我们的讨论结果是我就说是同学踢碎的，他希望我能帮他顶罪。我忐忐忑忑，回到家后犹豫无比，毕竟是撒谎，还是很心虚的。

我们面对妈妈，站成一排，妈妈问怎么了？是不是又闯祸了？

没等我开口，你便交代了原委，不过不同的是，打碎玻璃的不是我，也不是我的某同学，而是你。你总是这样出人意料，你用自己的所有，来尽一切可能帮助我。

你对我说：“弟，你别撒谎，妈妈说了咱们不能撒谎。”

所以很多时候很多事，你哪怕自己做不到，也要帮我做到。

高中时候你考试成绩一直跌个不停，还不忘在我睡懒觉的时候把我叫起来学习，我对你说我成绩早已稳定在前三了，要你自己管好自己就好，你的回答却依然那样，有你的风格，你说——

“哥以前不也是你这样，现在不还是不行了？听听劝，我为你好。”

我还是那一副玩世不恭和自以为是的表情，从小就不爱听你的话。所以无论我是好或是坏，是对或是错，都不把你说的放在眼里。

体育运动也是一样，有时候你明明跑不动了，还要我坚持继续跑下去。每每这时我又总是拿你当挡箭牌，说你都跑不动了凭什么还要求我跑。但你只是继续在我身后跟我说快跑，大喊让我坚持下去。其实这种时候我在心里骂你无数，怨念横飞。还在结束的时候向爸妈告状，说你自己做不到，还要求我做到。

小时候看不开，想不懂，感受不透，然而现在也终于领悟了，这世上，只有你，希望我越优秀越好，甚至应该超过你的优秀。这是多少人都做不到的大度和通透，又是多少人都得不到的幸运和福气。你放下作为哥哥的架子，把自己从很高很高的地方拉扯下来，只要弟弟好，就足够，才不管自己的所谓颜面。纵使耳边传来他人“弟弟比哥哥强”“哥哥不如弟弟”的刺耳声音，也绝不改你心中坚定的想法和信仰——总是爱我比爱自己更多。

这些年过去了，那些我想说的没说的不想说的却脱口而出的，你都懂吧?

我承认，你早已成为我人生中的二分之一，在我生命里以最顽强的姿态存在，霸占着时间和物理距离都不可能更改的地位。

我们以最不期而遇的形式相遇，在命运的安排下走在一起。

我们被彼此选择，就注定要血浓于水。

拥有彼此的二分之一，也因彼此而变得完整。

太多的话想对你说，在这封给你的世纪遥远长信中，仅一句——

哥，倘若真有来生，我还做你弟。

好吗?

后记：
看到这里的亲爱的你

见字如面，一切都好。

此时此刻，我正坐在巴黎16区一个街角的咖啡店里，点了一杯咖啡，安安静静写下这些文字。晌午过后，阳光正好，有来来往往的少女经过，还有踏着滑板的男孩，他们出现在我的视线里，随即又从我的世界里消失。

迎来送往，时间斑驳。

一晃眼，距离当初写下这本书的第一个字，已经六年过去了。我在想六年是个什么概念——是读完整个小学的时间，是要等一届半奥运会的时间，是2200天坚持在一起的时间。

这样一想，六年确实是一个好长又好难的概念。

于是万分庆幸，真的有这样的你存在，竟无声无息陪我走过了这漫长的两千天。

我承认我是一个容易患得患失的小孩，总在计较着身边人的离开，怨自己没能力留住他们。可我常常忘记，大多数时候人跟人之间的关系本就是好聚好散，不该多奢求什么，相遇一场，相忘于江湖，已是足够美好的了。所以只是极少数的我们，可以选择陪着彼此，一点点成长，一点点蜕变，共同完成一段不离不弃的感情。

或许你会沮丧于这极少数，可转念一想，很多人也正因为是极少数，才显得更加珍贵，不是吗？

其实我们的生活中，不光是人际关系会遇到这个“极少数”的“沮丧”，生命的大多数时刻，也都如此。

我们常常感慨寒窗苦读，日日夜夜没有停歇，只能在一场大考后才能有片刻的放松或是收获满足，这是“极少数”。

进入大学，你会发现日子细碎无比，反反复复，常常难寻到兴奋的亮点，只能在一场足球赛的胜利或一次奖学金的成功申请后，才能点亮一点生活的激情，这是“极少数”。

工作后朝九晚五，固定地坐在办公室里上班和加班，早上起来常有读书时不想起床的厌倦感，到了晚上，又常是累得没有力气再多打点些什么生活情调，只能在一个周末的朋友酒局中，或一次年假的旅行中，才能重新拥抱快乐，这是“极少数”。

生活里还有很多的“极少数”，极少数的好朋友，极少数甚至唯一爱过的恋人，极少数的幸运，极少数的常回家看看。

我经常觉得生活是一场很长的电影，中间大部分的情节都是在平铺直叙，只有少数时刻，会让人觉得遇到高潮。因此有段时间，我发自真心地为此沮丧难过，总觉得生活的意义在于“熬”，好像不花费一些功夫，是得不到答案的。

可是谁说事实不是这样呢？

熬过很多个平凡的时刻，才能获得一个不平凡的结果，熬过很多不相干的人，才能遇见一个真正相爱的人。

所以在质疑一件事之前，要先想清楚，这件事本身是否毋庸置疑。

说到熬，又想到了当初写这本书的初衷。早在初中，我们就喜欢写作，那时候加入初中的文学社，在周末别人都睡懒觉的时候，跑来学校上文学社的课程，参加文学社的活动。那时候就喜欢遣词造句和写小文章，有的散文写得漂亮了，会兴奋好几天。拿去投稿和参赛，也陆陆续续收获了很多荣誉，那是我第一次觉得自己和别人有点与众不同，而这份与众不同，不在于我更出色，而在于我更热爱。

到了高中，学习压力巨大的我放弃了一切学生活动，就连最喜欢的班干部，也没有勇气竞选。就在学习了半年后，我终于还是没忍住，偷偷报名参加了学校的文学社。为了证明我的写作能力，我拿着草稿纸，写了一篇又一篇小小的诗歌，写了散文，写了小说……只要学习累了，我就拿笔写字，写完了便告诫自己，要更加用功读书才是。我永远难忘那些从一楼跑到四楼，站在文学社社长学姐的班级门口，等着亲手交给她文章的日子。

高中还没毕业，我的那位社长学姐就出版了自己的小说，我站在书店看了很久，心里想着什么时候我也可以有本自己的书就好了。

记得那时候的高中生都爱逛文具店，校门口的那家文具店什么都卖，有各种包装精美的小说，也有明星的CD光盘。同班追星的女孩每个周五下午都会跑去文具店，看看自己喜欢的偶像是否有新的海报和光盘出来。

我呢，继续做安静忧郁的美男子，只是在文具店看看书。那时候我很喜欢读小说，买了各种各样的小说看。印象深刻的是那时候喜欢的一些青年作家，很多都是郭敬明大哥的签约作者，他组织了一个叫作TN的写作比赛，类似现在的《超级女声》和《快乐男声》。参与比赛的写作爱好者们投稿，经过筛选后去上海参加复试，然后如选秀一样，层层晋级，最后获得出版图书的机会。

想都不用想，我这种人当然参加了比赛，可惜连一个入围的资格都没有。我换了不同赛区去投递参赛作品，脑海里想象着要坐飞机去上海呢，还是坐火车。我甚至还在想到了上海后，面对一群比我大的人，我要怎么和他们接触。在考场考试的情景也被我一并带入，想象着复试的样子，每个人发一张试卷，只有作文题目，写上一两个小时，最后交卷等待晋级。

小孩子都喜欢竞争，不像长大了的我们。

那时候我每周末都会翻一遍邮箱，每次都是没有结果，后来终于有一天，邮箱里多了一封邮件，上面还有TN大赛组委会的字眼。我整个人激动了，抖着手，点开了邮件，我满脑子想象的都是“参加复试”的信息。

然而邮件里写得很清楚：“感谢你的参与，稿件稍有欠缺，再接再厉。”对于稍有欠缺这件事，我可以记一辈子。

是啊，很多时候都是这样，我们认为自己很优秀，理应获得很多的机会，然而发现外面的世界很大很大，不仅有更多比我们还要优秀的人，还有很多很多我们从未料想过的规则。它们就像一堵堵墙一样，横亘在理想和现实之间，我们跨越不过去。

要么放弃，要么上去撞得头破血流，你会选择哪一种人生？

聪明一点的人可能会选择放弃，不过就是外面的世界吗，无非也就是大一点，美一点，但是在自己的小天地里活得知足，懂得珍惜，日子已经很满足了。而热血一点的人可能会选择向前冲，就算头破血流又怎么样，这是我来过战斗过的证据。

关于这个问题，我也没有一个确定的答案，坦白讲，我常在两者之间纠结徘徊。有时候想勇敢一些，有时候又想退缩。

可是好在有另一个办法解决这个难题，那就是时间。

时间会改变很多东西，包括你，包括我，包括一切。

时间的残忍背后，也给了我们机会让我们变高变大变强，于是当你利用时间努力修炼过后，那堵小小的围墙，可能就是你脚下的一个门槛，你可以毫不费力地跨过去。

前提是你要很努力地修炼，并热爱你所热爱的，矢志不渝。

写作对于我而言大概就是这样的存在吧，我热爱写作，尽管面对不少非议，我热爱写作带给我的一切，包括面对文字的虚无感。我愿文字是痛苦的，人物是复杂的，它们表达着我心里的每一个自己，替我传达着自己不同的声音。相信你也有这样的一件事，是你所挚爱的，如果有，请你一定坚持下去，我们终会看到彩虹的。

就像出版一本属于自己的书，这件事来得并不算晚，在大一的时候就光临了我的人生。

那时候我坐着地铁去了雪漫姐的公司，签了合约，首印量只有几千本。那时候的我根本不敢想象大街小巷的书店里会有我的图书，也不敢想象自己会举办签名会，拥有很多自己的读者。

甚至在第一本书的第一次签售会的时候，我迟到了。

那天赶到公司的时候，全公司忙我们书的同事都已经坐车去了活动现场，只剩下一个编辑在公司里等我们。见到我们，她又气又开心，连忙拉着我们俩赶地铁，去新书的签售会场地。

谁知道后来我们会一直写作，收获了一个又一个的你，甚至很多的你因为这些温暖的文字，而重新找到了喜爱的自己。

毕竟，第一本书出版的时候，连我妈都不肯相信，我们没有一个人相信，也没有一个人当真。那时候的我刚进大学，每天忙着跑学生会，当班长。直到看见第一本从印厂新鲜出炉的书，我才意识到——哇，我出书了。

所以啊，人还是要有点“妄想”的，正是这些妄想，指引我们去更远的地方。别怕做梦，也别在意别人的眼光，你想要什么，就去争取什么，就去做什么，才不要去管那些外界的评价。

甚至，结果你都可以不在乎，经历了，拥有过，已经是一件小美好的事情了。人生本就是一场自己做主的游戏，成功和失败都是我们自己定义的，你只管保证自己开心，并不后悔就行了。

坦白讲，这本书的写作并不顺利，由于我的编辑是一个工作狂外加较真狂，于是写作变得很艰辛，我们常常吵架到半夜，就为了要不要去掉一个小小的自然段。

最严重的一次，她要推翻我全部的构架，换成另一种思路来构建这本书，原因是她有足够的职业经验。

然而我并不喜欢。

我从小就是一个很有主见的人，不喜欢别人干涉我的人生，是一个胆小却很潇洒的人，喜欢过自己的生活，成为自己想成为的人。所以毫无疑问，我们又吵架了，只是这次更久，直到凌晨4点。

后来我们都没力气了，就挂断了电话，不久后中和了一下想法，推翻了整本书的构架，却也在重建的过程中加入了很多我的想法。

于是就有了这本你们看到的书。

事实证明我的编辑是对的，我们也成了无话不谈的好朋友。

这本书记录了我和哥哥的日常生活，从中学的刻苦学习到家人的温暖相处，从初次接触社会的新鲜到遇见你们的感动，从青涩懵懂的爱情萌芽到平凡人生的英雄梦想。它记录着我最初的幼稚、固执和酸涩，却也记录着我一直没变的简单、善良和无聊。

文字足够真实，真实到你可以看到我们的真实相处，有幸福也有磕绊，有团结也有扬言决裂；文字也足够简单，简单到你可以一眼窥探我的小心思和那时候我全部的生活，一个20岁不到的男孩在那个时刻拥有的小希望和大梦想。

我相信这本书给了很多人以爱的温暖、坚持的动力、努力的决心和永不言弃的梦想。也相信很多的你，因为这本书有了想要变得更好的冲动。

这次的修订版本，基本保留了原来版本的文字，依然带你回顾那些年千军万马奔赴过的高考，带你热泪盈眶地在平凡生活中找到自己的英雄梦想。希望它可以成为你疲惫时的一杯咖啡，痛苦时的一场美梦，沮丧时的一句加油，绝望时的一根稻草。

愿你承认自己的渺小，也有活得伟大的嚣张；愿你有知足常乐的淡然，也有追逐丰盛的决然；愿你有量力而行的明智，也有迎难而上的勇气。

愿你永不放弃，坚持到底。

亲爱的朋友，这本书的旅程到这里就基本结束了，而你的人生才刚刚开始。希望这本书里原汁原味的青葱文字，可以带给你感动，也带给你改变。

愿我的世界总有你二分之一，我会始终陪伴在你的世界里。

你的朋友：子豪

2018年8月8日　巴黎

图书在版编目（CIP）数据

青春的梦，在青春做完 / 苑子文，苑子豪著．— 南京：江苏凤凰文艺出版社，2019.6
ISBN 978-7-5594-3620-7

Ⅰ．①青… Ⅱ．①苑… ②苑… Ⅲ．①随笔－作品集－中国－当代 Ⅳ．① I267.1

中国版本图书馆 CIP 数据核字 (2019) 第 073719 号

青春的梦，在青春做完

苑子文　苑子豪　著

责任编辑　丁小卉
策划编辑　陈乐意
出版发行　江苏凤凰文艺出版社
　　　　　南京市中央路 165 号，邮编：210009
网　　址　http://www.jswenyi.com
印　　刷　大厂回族自治县德诚印务有限公司
开　　本　880 毫米 ×1230 毫米 1/32
印　　张　8.5
字　　数　77 千字
版　　次　2019 年 6 月第 1 版　2019 年 6 月第 1 次印刷
书　　号　ISBN 978－7－5594－3620－7
定　　价　49.80 元

江苏凤凰文艺版图书凡印刷、装订错误可随时向承印厂调换